间有味 · 旧时光

月满天心 / 著

北京日报出版社

图书在版编目（CIP）数据

人间有味.旧时光 / 月满天心著.--
北京：北京日报出版社，2021.10
　ISBN 978-7-5477-4072-9

　　Ⅰ.①人… Ⅱ.①月… Ⅲ.①散文集-中国-当代

Ⅳ.①I267

　中国版本图书馆CIP数据核字(2021)第175283号

人间有味·旧时光

出版发行：北京日报出版社
地　　址：北京市东城区东单三条8-16号东方广场东配楼四层
邮　　编：100005
电　　话：发行部：（010）65255876
　　　　　　总编室：（010）65252135
印　　刷：运河（唐山）印务有限公司
经　　销：各地新华书店
版　　次：2021年10月第1版
　　　　　　2021年10月第1次印刷
开　　本：880毫米×1230毫米　1/32
印　　张：10
字　　数：168千字
定　　价：52.00元

目录

农事：四季情
桑野就耕父，荷锄随牧童

生灵：春告鸟

鸟是世间的精灵

乡野：草木缘

一草一木，一花一树，万物共生，
草木，是曾经的记忆，也是生命的自由

长大：慢时光

儿时，时光在这头，我在那头，
追上了时光，我们就长大了

人们：人世间

人生一世，春花秋月，终不过：犹陪落日泛秋声

味道：食物事

味蕾是一个动词，带领我们一路走向来处

日子：岁月长

少年听雨歌楼上，中年听雨客舟中，
而今听雨僧庐下。岁月，是变幻场景听雨的过程

农事：四季情

桑野就耕父，荷锄随牧童

花生的一生

谷雨之后种花生，种之前有个简单且重要的工作，小孩子可以参与——将准备的花生剥开，挑圆润饱满的花生仁做种子。那些瘪的小的，不能用，剥开来随手就吃了。干了的花生仁，越是瘪小的越香甜好吃。随剥随吃，活儿干完了，肚子也圆滚滚了。

花生选种子最好挑三个肚的，实在没有，也要挑两个肚的，一个肚的再饱满也不考虑，基因不行。如果家里的花生不够格，那就榨油，再出门买好的来做种子，种子关乎收成，是马虎不得的。

田地里土翻过之后，如果下一场雨就好了。等土半干不干的时候，沿着垄挖排排小坑，每坑两三粒种子，需要人端着一盆花生种子，弯腰向小坑里撒。这个工作无法实行机械作业，全靠手工。好在在我们这儿，花生虽好，也非过日子的必需品，所以一般不愿意多占耕地，都是小面积种植，不会费太大力气，一天半天就都种好了。

优良的种子遇到湿润的泥土，三五天时间就生根发芽，很快会有两片嫩嫩的小叶子拱出土壤，像刚刚来到世界的小朋友，胆怯又新奇。

等叶子都拱出来，一排排迎风招展，绿意盎然，意味着种子都优良，全部都生根发芽，以后就不用管了。花生耐旱，整个成长期几乎不用浇水，反正总会下几场雨的。

花生在秋季收，秧及小腿，从夏天的郁郁葱葱到干枯泛黄，意味着深埋土中的果子成熟了。秋收是一年中最忙的时候，最大面积的玉米需要收了，芝麻需要收了，棉花需要收了，各种庄稼都需要赶着收回去。花生也不能多等，看似安全的地下，也有不见的危险——田鼠，花生是它们最喜欢的食物。

在忙碌的秋收间隙收花生，或者一个中午，或者傍晚，或者收完玉米，在运送的间隙，用四齿耙子沿着垄挖一遍，

花生默默隐藏在泥土里，但我知道，它有无数用途和未来。

将花生根部挖蓬松，一地的花生秧好像凭空长高了一截，然后徒手拔出来。四齿耙子齿与齿的间隙很大，只会松土，不会伤到花生的果实。用手轻轻一提就提上来了一大串，甩一甩土，收拢，码在车上拉回家，堆在院子里，等闲下来再慢慢将果实摘下来。收花生的过程，常闻女孩子惊叫连连。因为泥土深处，随着花生的忽见天日，常常也伴随着蚯蚓和各种虫子。虫子是田野的点缀，也是田野的主人，无论怎样大力用农药，都无法彻底消灭它们。

收花生经常赶在中秋节，走亲戚的时候，常见人家月台上堆了一大垛刚收回来的花生秧还没有来得及处理，进出都会摘一把，边走边吃。

丰收的花生沉甸甸坠在秧子的根部，一串又一串，混着泥土。拿起一把，在砖石上"啪啪啪"摔一顿，大部分经过短暂风干的果实就掉了，这时候再将秧子上的小果摘一摘，摘完果实的秧子就可以扔一边晒干了做柴烧。花生，一定是一边摘果一边吃的，我们都有经验。生吃的话，小果好吃，找那种有点瘪的剥开，一吃一包甜甜的汁水。太饱满的熟透了，有点涩，也不够甜。煮熟了吃，就是饱满圆润的更好吃。大锅里放水烧开，新摘的花生井水冲洗几遍倒进锅里，放一些大盐粒等，木柴大火烧几个滚开，花生就煮熟了。煮熟的花生糯软、清香，散发着食物最好时候的香气，可以配馒头吃，超级美味。

收获的季节，摘几把毛豆和花生同煮，做零食也好，大人下酒也好，香气浓郁。

金圣叹在临死的时候说：花生粒和豆腐干同时嚼，有火腿的味道，绝对真实。

收拾花生总在晚上，这点小事不舍得占据白天珍贵的秋收时光。40瓦的小小门灯打开，光晕昏黄，像是给黑夜缀上了一枚纽扣，连方圆三五米都照不到。院子里黑乎乎的，倒是有一轮月亮又大又亮，垂挂在深蓝的天空中，宛如一颗明珠，给夜色披上了一层神秘面纱。

白天忙碌一天了，晚上谁还愿意干活儿？于是孩子们都猫在房间的各个角落。我爸妈各搬一个小板凳坐在月台上开始摘，他们总有办法把我们都吸引出去——讲鬼故事。很快几个小脑袋就凑过去，一边听故事，一边摔花生。夜凉沁沁的，到了午夜露水就下来了，月亮却朦胧了许多，那些鬼故事就更逼真了，我们又怕，又想听。最后上厕所也不敢了，我爸就站在院子里陪着，一个个上完飞跑回房间，他断后插门。有时候也听收音机，一家人一边摔着花生，一边听评书，单田芳的声音和摔花生的"啪啪"声在夜空里格外地响。

我对摘花生记忆深刻，因为偷看《红楼梦》。这两件事在以后的岁月里连成了一体，无论看书或者摔花生，总会翻起那一晚的记忆。

二年级的那年秋假前，我借到了一本《红楼梦》，放假时人家忘了让我还，我激动不已，将书抱着飞速回家。我必须要在短短七天假期内把这本书看完，开学人家肯定会要回去。但是秋假本来就是干活儿的假期，太忙了，没时间看。晚上吃完饭，我抓紧时间猫起来看书。晚饭后是摘花生时间，全家人都到院子里去了，我磨蹭着不肯出去。我妈高声叫了我几次，又骂了两句，我依然不为所动。

那时我已经看到黛玉死去（高鹗续本），宝玉初闻黛玉已死，大叫一声失去意识，魂魄往阴司寻访黛玉。路上遇到一人问他阳寿未尽来这里干吗，他说："寻访故人，姑苏林黛玉。"那人冷笑道："林黛玉生不同人死不同鬼，无魂无魄，何处寻访？"然后自袖子里掷出一石，一下子把他打醒了……

看到这里，我觉得心口堵上了一块大石，一口气憋在那里，难受得要命，再也看不下去了。昏昏沉沉的，房间幽暗，充满恐惧，我觉得我像黛玉非魂非魄的凄凉远去，也像宝玉求而不得的心碎欲绝，哀哀无助不知如何是好。院子里一家人一边说笑一边干活的声音把我拉回现实，我把书丢在那里，狂奔到院子里，坐在家人中间一声不响地干活。爸妈弟妹他们都在身边，好受了一点，谁知道我妈忽然说："够晚了，回去睡觉吧，明天再弄。"我说："再干一会儿吧。"我害怕一个人进入寂静的黑夜，他们都没理我，站起来回屋去了，我也赶紧跳起来回屋去。那天晚上的恐惧感包裹着我，我一直跟在我妈身后转悠，直到上床睡觉。

第二天心里好受一点了，那种憋闷、恐惧、心碎感依然存在。为了彻底摆脱这种可怕的感觉，我吃完晚饭马上跟他们一起到院子里摘花生去了。那一晚，我干活超级专心，摘了一筐又一筐。很快，花生就摘完了。晒一晒，干了收进口袋里，扎紧，收到高处，就再也吃不着了。

第二年，同样的季节，晚上摘花生，我一边心里想着黛玉的决绝离去，一边怨恨着宝玉的绝情——怎么可以真的跟宝钗过起日子来呢？一直排斥后面的内容，就再也没有心思接着看。长大了知道我看的那段已经是续书，相当欣慰。

物资匮乏的年代，花生是可以当一盘佐酒菜的。

家里忽然来了客人，总要准备三五个菜下酒，孩子们就被打发去剥花生。一粒粒花生像红衣少女一样，端坐在盘子里。剥够一盘子即可，小孩没资格吃。

锅里放油，油温放花生粒，小火慢炒，油温渐渐升高，慢慢搅拌。炸完了收进白盘子，捏一把盐撒进去调味，盐遇到热油，"嗞啦"一声，互相成全了。炸花生粒是手艺活儿，火不能大，火一大就煳了。外面煳，里面生，看起来丑，吃起来怪，会被人笑话。炸好的花生米，又香又脆，下酒绝佳，没人不爱吃。

过年的时候，家里没有零食，我妈会拿一簸箕花生出来，带壳炒了当零食，炒的花生脆香。

有一年我爸爸他们冬天闲着没事，开始炒花生卖。花生不能直接炒，要先炒沙子，沙子热到烫手，将花生倒进去，用木锨翻搅，高手炒出来的花生外表看起来和生的一样洁白。剥开品尝时才发现花生仁是酥的。我爸他们几个人晚上炒，凌晨用自行车驮两大麻袋炒好的花生，一路骑到北京城卖。有时候批发，有时候摆摊卖。北京人有钱，买炒花生当零食吃，通常很快就能卖完。骑白行车回家，百十里地，一天一个来回。

乡下种花生并不是为了当零食解馋，而是为了榨油。早些年我们那儿大多吃棉籽油，种花生的少，花生油就更珍贵了。后来棉花总是减产，种棉花又麻烦，种棉花的人渐渐少了，于是开始用花生或者葵花籽榨油吃。花生油醇厚营养价值高，炒菜也更香，比葵花籽油高一个档次，能常年吃花生油的人家，绝对是让人羡慕的大户人家了。

　　如果有一段时间家里青黄不接了，会搬一袋花生到集市上卖。花生是很好卖的，又比别的作物贵。

　　花生质量好的话，谁买了去做种子，就又开启了花生们轮回的一生。

　　中秋或者除夕的夜晚，一家人不睡，我爸妈都会出一个保留节目——猜谜语："麻屋子，红帐子，里面住个白胖子。"

　　猜猜是啥？

　　谁都知道，花生嘛。

　　花生的一生，就是这么多彩又低调，珍贵又平凡，成熟季，它们默默隐藏在泥土里，但我知道，它有无数用途和未来。

剥玉米

早些年，没有联合收割机，收获农作物大部分都靠手工。收玉米，先掰，再拉回家，然后锄玉米秆，把地收拾干净了，才能种小麦。

种麦子最重要，所以玉米收回来后，就要先忙着清理、翻地。小麦种好了，才能松一口气，此时也算腾出时间来剥玉米了。

家乡曰之"剥棒子"，玉米也叫棒子。

玉米收回来是带着皮的，也长着胡子，像一个个老爷爷，成千上万的老爷爷们聚在一起，场面十分壮观。

　　玉米和小麦是主要农作物，家家户户都会大面积种植。收获的季节，各家收回来的玉米堆满院子，只留下一个小道走路用，小孩们本就不喜欢走正经路，于是进出都"翻山越岭"。

　　一车又一车的玉米棒子从地里运回来，车斗一开，"哗啦"一声倾倒在院子中，卸完，车又"突突突"开走了，去拉另一车。我们飞奔过去，跳到玉米堆上，将那些青色的还没有老去的拣一抱——剥开，扔在大铁锅里，加满水，大火煮。直到锅里翻滚，热气腾腾的香气飘散，揭开锅盖，拈一个出来吃，烫，左手换到右手，右手换到左手，等不及它凉下去。

　　嫩玉米煮熟一咬一包汁水，很甜。也有不太嫩的，煮熟了很有咬劲儿，很香。太熟的就不能煮了，玉米粒已经硬了，嚼不动。我们都会挑，挑自己喜欢的成熟度，煮满满一大锅。锅开了，满院子飘香，那种新鲜食物的鲜香甜美，让人沉醉。一人抱一个熟玉米啃，有了这一锅煮玉米，晚上都不用吃饭了。

　　吃饱喝足，也不等大人催，别的活儿小孩也干不了，于是坐下来剥玉米。

　　比之掰和收，剥玉米是轻巧活儿，找张小凳子坐着，将玉米一个个撕下外皮，扔在月台上，等晒干。玉米皮松软蓬松，很快就积攒一大堆，用木叉挑到院子外面。玉米皮晒干了是很好的柴，火势适度，烙饼是最好的，不爱煳。我们剥累了也会玩玉米皮，挑那些干净雪白的玉米皮撕成一条一缕的，编成小辫子挂在耳朵上或者绑在辫子上，以假乱真，像拥有了真正的长发。

剥玉米只是消磨时间，不累，但是经常会遇到虫子，它们悄悄躲在玉米皮内。剥着剥着，突然出现一条大青虫，"哎呀"一声尖叫，玉米也一起扔了，扔到远处去，半天还在心悸。爸妈再去捡回来，此时虫子也不知道掉到哪里去了。证据没了，还会因为乱扔玉米被数落一通。

剥玉米看着简单，其实也需要技巧，一扯二拉三拧。扯是双手把皮扯开口，拉是把扯开的皮拉到玉米底部，然后一拧根部，将整个皮拧下来。三个动作一气呵成，剥得就快。随手一扔，惯性使然，剥好的玉米在空中划一个优美的弧线，准确落在玉米堆里，皮则扔在另一边。

多人干活，只见空中玉米飞舞，宛如一道道黄色的光交错。

剥玉米皮要用到大拇指的指甲，三五天后，拇指指甲就会疼痛难忍，这个时候干活速度就慢下来了。疼，或者干脆拿一个改锥代替手指来划开外皮，但是依然慢。小孩受不了这个疼，开始磨洋工，大人不可以，我妈最有耐力，忍着疼也剥得飞快。

如果谁家种的玉米多，一家人剥不完，等时间长发了霉就糟蹋了，所以就雇人剥。我妈也会去，大家都是实在人，不会磨洋工，就算手疼也踏踏实实完成任务。如果我妈去赚钱了，家里的玉米就交给我们。没有大人在身边，责任感飞涨，我带领弟弟妹妹耐心干活儿，给他们讲故事，即兴编，编到哪儿讲到哪儿。他们为了听故事，便老老实实坐下来干活儿。

扔玉米是有惯性的、机械的，此时谁从院子中间路过，那就很危险，搞不好一个玉米飞过来，正好打在身上或者头上。玉米瓷实，打人很疼，小孩挨了这一下，不哭够不罢休，所以大家都尽量绕着玉米堆走。弟弟小，不爱干活，喜欢在剥好的玉米堆上翻跟头，滚来滚去，专注干活的人就经常打到他。他挨了打不依不饶，非要扔个玉米也打人家一下，打不到还好，打到了谁，就是一场世界大战！

弟弟就是这么不讲道理，他开始上学的时候，也学会了骑自行车。有一天骑车子回来，支好车进屋，自行车忽然在他后面"哗啦"一声倒了，他马上返回去。我们在屋里看着，都以为他去扶自行车，结果他抬脚"哐哐"把自行车踢了两脚，进屋了。

我们在窗户里看着，目瞪口呆。

他要是玩着玩着挨了一玉米，后果可想而知。要是正好大人不在家，院子里马上飞起玉米战，谁都不示弱。我知道利害关系，怕他们受伤。于是，站出来用最大的声音威吓，才能阻止战争。

剥玉米持续很久，有时候甚至需要十几天的时间。有的人家种得少，已经剥完了，就会来帮忙，其实是为了唠家常，反正这个活儿，短时间也不会累，大家正好坐在一起聊八卦。

院子里都是泥土地，被玉米覆盖之后，湿润温暖。时间一长，玉米误以为春天来了，慢慢就扎根发芽，如果没有扎下根去，它就会发霉。为了防止最底下挨着泥土的玉米发霉或者发芽，就要白天晚上赶工剥玉米。

秋天的晚上，一人披一个厚外套，搬个小板凳干活。半夜收工的时候，在外面拍很久，怕有虫子趴在衣服上。玉米真是太爱长虫子了，那种绿色的虫子。大概是因为玉米甜，虫子也爱吃吧。晚上视线不好，看不清楚，就狠命拍打外套，要是不小心把这可怕的小东西带到被子里，半夜里发现会吓得魂不守舍！

有一部分玉米不需要把叶子全部剥掉，留下贴近玉米的几片叶子，系起来，吊挂在绳子上或者屋檐下，一串又一串的玉米金黄饱满，悠悠荡荡，自在又安闲。

　　从我的家乡再往北一些，到了东北乡下，更习惯将玉米倒挂。我的家乡，很多人家都有一个粮食囤，铁网制成，悬空一点，不能接地，因老鼠会打洞，不悬空难逃鼠嘴。囤起来等风干脱粒卖掉。

一串串吊挂在
屋檐下的玉米悠悠荡荡。

　　生活好了之后，玉米已经不是主食，大部分都要卖掉，留少部分挂起来风干了自己吃，这样既不会发霉也不会招老鼠。脱粒碾成糁子可煮粥，碾得再细一点可以蒸窝头、贴饼子，和面的时候加一些豆粉和奶粉。新鲜的玉米面总是好吃的。

　　除去皮的玉米像小山一样堆放，黄澄澄的，深秋的太阳一出来，耀眼睛，玉米是多么尊贵的粮食啊，它从里到外，从颗粒到被做成食品，天生就拥有属于大地的尊贵的黄色！

　　现在，我们家的地被国家征用修了铁路，已经很多年没有种玉米了。秋冬，看着人家挂在门檐下的一串串玉米，在北方萧瑟中耀眼，下了雪，金黄的玉米半披着白雪昂扬骄傲，黑色的屋檐端庄稳重……总会默默想起一句话：天地有大美而不言。

鬼子姜

鬼子姜很神奇，第一年种一小块，第二年就会在这个地方翻倍生长，而且会永远生长下去，繁繁茂茂，热情似火。

鬼子姜不是农作物，但是长得很多，有人种过一年之后，第二年便不再管了。它生命力顽强，超级喜欢"霸占"地盘。房后的无主空地，池塘边的沟沿上，多年不积水的小河沟底，它们随时能冒出一片，和杂草混杂在一起，摇曳在春天里，得雨露滋润，长得很茁壮。

鬼子姜长得很高，成熟后大概能有

两米高，幽深一片。八九月开始开花，娇黄的小花朵，每一瓣都很飘逸、修长，花瓣细长而小，样子有点像向日葵，但更像菊花。花朵颜色饱满热烈，舒展着像泼染过一样的绿叶子，不亲近人，自然有一股傲气。

我们出去玩，遇到鬼子姜总不会放过。夏天的时候，揪叶子折断秆，追打玩笑；秋天摘花，或者钻进幽深的一片鬼子姜深处捉迷藏，藏深了，那种静谧与密不透风又让人害怕，不等被找到，就赶紧跑出来了。

秋天就更好了，伙伴们见到鬼子姜就爱挖出来吃。挖啊挖，一大嘟噜就被挖出来了，擦擦土，"咔嚓""咔嚓"就吃，非常脆，但是几乎没有味道，也不够甜。那时候实在是太缺零食了，鬼子姜有什么好吃的，无非就是安慰一下馋虫罢了。邻居家的一个小女孩，跟我一般大，我们经常一起玩，她嘴巴馋，整天百爪挠心似的，遇到什么吃什么。有一次，我跟她去她家菜园里摘菜，她家菜园里没有种黄瓜、西红柿等随口吃的东西，她踅摸了一圈，摘了一个嫩茄子，用衣袖擦一擦就大口吃起来。她邀请我也吃一个，我实在不喜欢生茄子的味道，咬了一口，软绵绵的，一点儿味道也没有，叹着气放弃了。

鬼子姜毕竟比茄子好吃，结得又多，没人管，不挑嘴的话，可以坐在那儿吃大半天，把肚子吃得圆滚滚的。

鬼子姜的果实和做菜的姜很像，但是个头更大一些，有的外皮像红薯，水分也大，结得特别多，挖一次，能收获几十个，大大小小都有。

我不喜欢吃那个味道，宁愿忍受嘴里的寡淡也不吃。有时候也尝一下，脆生生的，那种脆，是干脆，绝不拖泥带水，味道不怎么好，个性倒是蛮强的。

这样一株植物，为啥要叫鬼子姜呢？这让人百思不得其解，很多年我都没有找到这个名字的由来。

鬼子姜的味道很淡，所以做菜并不是多好吃，实在没菜的时候，家里会切片炒一盘。如果不放肉，炒出来没滋没味的，没人爱吃。放了肉，滋味就醇厚丰富多了。如果家里有酿造的酱油再点上一些，用葱蒜调一下味，这盘菜着实不错，是很好的下饭菜。

菜都没有的时候，哪里会有肉呢？所以，用五花肉片炒鬼子姜片的菜式，更适合这个万物丰腴的时代，鬼子姜像野味一样成为新鲜物的时代。就像野菜，如今登堂入室贵得很，像贾府的茄子，倒有十几只鸡来配它。几十年前的乡下，野菜那可是苦涩至极，艰难佐餐的代替品。同样的植物，不同的时代，待遇不同，享用的感受也不同。

在乡下，鬼子姜最大的功用是腌咸菜。腌好之后，早上捞几个切成片，滴几滴香油佐粥吃，鲜咸清脆，这也是鬼子姜的个性之一。无论是新鲜的时候，还是腌制以后，它永远是脆生生的，保留着本性。

我们家没有种过鬼子姜，这种东西多，随意去哪里挖一点儿就好了。也有勤劳的小商贩，秋天多挖一些，精心腌制，在冬天餐桌寡淡的时候，在集市上摆摊卖一卖。有勤快的人家，就有懒惰的人家，所以买这咸菜的也不少。本钱也就是一些盐和时间，盐很便宜，乡下人的时间就更便宜了，卖鬼子姜咸菜这个买卖，其实是无本的，非常划算。

腌制也简单，鬼子姜井水冲洗干净，装在罐子里，多加大粒盐，再加点酱油，密封几个月，拿出来吃就好了——入味均匀，口感清爽。乡下早上习惯吃玉米粥和馒头，此时再有几个腌好的鬼子姜，那真是美味了。

很多人家的咸菜都是用鬼子姜腌制的，材料容易得，腌制简单，保存也容易，就算吃不完放坏了，扔掉也不可惜。再说冬天的餐桌上，一碟鬼子姜佐粥实在是熨帖，金黄的玉米糁子粥，雪白蓬松的大馒头，刚出锅，热气腾腾。经过了一夜的消化，此时正饥饿的人们需要补充能量。一人一碗粥，一个馒头，一两片咸菜呼噜噜吃下去。简单的食物组合，达到了价值最大化，似乎做成咸菜，点缀餐桌，是鬼子姜最好、最合适的归宿。点缀，也是莫大的价值。

太阳升起来了，阳光映进玻璃窗，一条一缕随意散开，温度升起来了，肚子也饱了，忽然让人感觉到了日子的温柔。

注：鬼子姜又叫菊芋，洋姜。

大麻子

　　我总觉得大麻子长得很洋气，叶子宽大，像一个巴掌，也像花，但我实在不喜欢大麻子的味道，所以很少靠近它。大麻子野生的很多，沟边池塘边，总是成群结队出现，长得特别高。如果捉迷藏钻进大麻子地，简直密不透风，外面的人根本就找不到。大麻子结一串串的小刺果，看起来很不好惹。这些小刺猬最开始是绿的，浓郁的绿，后来变成红色，一串串小刺十分可爱。最后会变成枯黄，这也意味着麻籽开始成熟，然后自己裂开，把籽露出来，不娇羞，不忸怩，大大方方的。

我们玩的时候，爱钻到麻丛里面去，那是真正幽深诡秘的地方。别说风了，躲进去，连光都暗了下来，亮

大麻子结一串串的小刺果，
看起来就很不好惹。

闪闪的大太阳一下子就暗下去了，里面闷闷的。

　　还有一种筒麻，筒麻也高大，筒麻的果实像小灯笼，绿色的，玲珑可爱。这些果实是女孩子的爱物，无聊的时候摘一堆来玩儿，一左一右夹在两个耳朵上，晃来晃去做耳环。刚摘下来的麻籽颜色青绿，一丝清苦味儿夹杂着柔软，像棉花的那种柔软，像迎春，一脸的好欺负。等小灯笼掉落，结了籽，味道就没有了。结籽后也挺好玩的，可以摘一堆互相打着玩儿，那小刺都是柔软的，吓唬人的，落在身上也不疼。

　　筒麻长得高，成熟后几乎有两米，因为没人打理，整片筒麻地里都是野草，草长得也高，疯疯癫癫的，淹没了小腿。贸然走进去，总怕遇到蛇，蛇阴郁，就爱藏在这幽密的地方。

　　筒麻立秋之后成熟，不忙的时候割下来捆成捆，拖到池塘边，一捆捆扔水里。只能用拖的，它们太长了，用抱的话笨重而难行。

　　扔水里是不能乱扔的，要摆一摆，横放一排，再竖放一层。如果水里的麻比较少，会浮上来，那就只能在表面扔一层土，压下去，成熟的麻需要全部泡在水里，沤着。

　　池塘的水不干净，沤了麻之后就更容易臭，臭到冒泡，但这是麻生的一部分，不可或缺。沤好后，穿着雨鞋雨裤下去再将它们拖上来，这时因为吸饱了水，更沉，更难拖了。

沤好的筒麻，很容易将一根麻剥下来，剥下来之后，还得再剥一次表皮，这样的表皮晒干后搓成麻绳。如果用量少，一般手搓就可以了，极其费手。几根麻绳搓下来，手心火烧火燎，生疼。如果要搓成很多麻绳，成规模去卖，那就要借助机器。物资短缺的年代，就用麻绳来捆绑粮食口袋等。家里缺麻绳了就自己沤麻，农闲的时候搓一点麻绳。

粮食收完后，总要留些自己吃，装进蛇皮口袋或者麻袋里面，用麻绳紧紧系住口。麻绳有个特点，系得特别紧，不像后来的塑料绳什么的，容易滑脱散开，系不紧。

麻绳可以反复使用，搓一次能用好几年。如果需要了，就跟种麻的人家说一声，砍一捆扔进池塘沤起来，闲了搓一点儿。有的麻根本就是野麻，随意生长在荒地上，谁需要了就去砍。暂时不缺麻绳的人，绝不会去给自己添这个麻烦，又脏又臭的，没必要。

麻绳是粗粝的，表面一层小绒毛，很刺手，我们拔河的话也用粗麻绳。有一次，男生一拨女生一拨拔河比赛，因为想赢，我们这方拼命拔，任凭麻绳在手心里刺

啦啦划过，寸步不让。等结束的时候，手心火辣辣地疼，
张开手看，掌心都渗血了。

晒秋

　　皖地晒秋晒的是火红的辣椒，鲜艳热烈，景色绝美，宛如油画。我们这个地方晒秋是洁白的棉花，如云一般圣洁，宛如国画中的留白，藏着无限诗意。

　　我的家乡地处华北平原，曾经是著名的产棉区，我小时候，棉花跟玉米可以平分天色。一到收获的季节，地里白花花的全是棉花。最鼎盛的时候，家家户户都有几亩棉田。高高矮矮的，品种虽然不同，但是叶子底下，无一例外都藏着一个个饱满的棉桃。棉桃锦心绣口，

随便一张嘴，就会吐出一团白雪诗篇。将棉花一袋袋摘回
来晾干，是秋天的头等大事。

棉花晒在一般的地上终究不行，它们太娇气，怕脏，
就算晒之前底下铺了一层塑料布什么的，有时候鸡啊鸭啊
也会路过，树叶子、尘土都向低处走，弄脏了就无解。一
朵棉花有多娇气？落上一片树叶就像用胶水黏上了，撕下
来，棉花就受了伤，不好看了；如果是尘土落上去，简直
就毫无办法了，是深入骨髓的污点。

所以棉花都晒在房顶上，棉朵们高高在上，尘土和鸡
鸭都无法靠近。

为了晒棉花，那些年我们家乡的房子都低矮平整，一
排排房子看过去，全部一样高，一样平，一样的黑灰色，
不了解的还以为是统一修建的呢。房顶的坡度很小，就是
为了方便晒棉花，房子也矮，有的人家上房连梯子都不用，
在院墙与屋檐的交集处一级一级垒几层台阶就行了。有时
候邻家两家挨着，共用一个围墙就好了，这围墙就是两家
上房的共用阶梯了。

大人能轻易跳到墙头上，然后拾级而上，没几步就上
了房顶。女孩子们还是怕高，每次上房都提心吊胆、战战
兢兢、小心翼翼，怕掉下来。有时候，红薯干、花生等好
吃的也晒在房顶上，馋虫在招手，再难也要爬上房！

皖地晒秋晒的是火红的辣椒，鲜艳热烈，景色绝美，宛如油画。我们这个地方晒秋是洁白的棉花，大片棉花，宛如国画中的留白，藏着无限诗意。

　　男孩子们就不怕，他们大胆灵活，奔跑跳跃间就上去了，男孩很小的时候就能爬到房顶上去玩儿。夏夜，天气闷热难入睡，又没有风扇空调，男孩子们就爬到房顶去睡觉，风从高处走，据说房顶上很凉快。后半夜露水下来的时候，再爬下来回屋去。有很泼辣的妇女，如果谁得罪了她，她就爬到房顶上，叉腰骂街，有时候也不指名道姓，也不知道在骂谁。骂声传遍四面八方，站在房顶上骂人的妇女颇有气势和威慑力，骂到酣畅处，全村都为之一震，默默反省自己。屋顶骂人，是农村一景，骂谁不重要，只证明这事大了，我受委屈了，但我不是好欺负的。

　　有一次，我妈被谁欺负了，她跃跃欲试，扬言要站到房顶上去骂。我们等了几天，她到底也没有上去骂。泼辣，也是一种天赋，学不来。

　　秋季，房顶上骂人的、睡觉的、玩耍的都少，阳光却还炽烈，风也有了一点儿力度，配合阳光很快蒸发掉棉花里的水分。房顶是棉花的天下，棉花愈发尊贵，像是被精心呵护的公主。

　　刚刚采摘回来的棉花有湿气，满满一口袋也不轻，小孩是背不动的。每天棉花收获回来或一袋或两袋，就是这么缓慢地向家里运。我爸上房，猫腰站在房檐上，顺下一根绳子，我们将绳子系在棉花口袋上，他在上面一拉，就把棉花口袋拉上去了。房顶上先铺好塑料布，再将棉花均匀摊开在塑料布上。一朵又一朵，千万朵挨挤在一起，洁白松软，绵延一片，与天空中飘荡的流云互相映衬着。

晒几天翻一翻面，翻棉花这种活儿，就没有技术含量了，谁都可以干。我总觉得，能上房干的活儿平白高级了一些，顺便也挑战了自己。每当我申请到这个活儿，登上墙头慢慢双手双脚并用走上那几级台阶时，都在心里欢呼雀跃，庆祝自己离天空更近了一些。台阶其实很窄，走上去要保持身体平衡，走到这里，就会觉得自己整个人都悬空了起来，就像走在悬崖边上，绷紧了全身的肌肉。一旦跃过那几级台阶，直接站到了房顶上，呵，舍我其谁的感觉就来了，果然站在什么位置，就是什么格局。房顶宽大平稳，危险解除，四面都渺小了。视野开阔起来，心境都不一样了，像天空一样明净，像棉花一样不染尘，瞬间就觉得，妹妹偷了我笔记本撕了玩这样的事，不值得烦恼了，也不必抓住她揍一顿了。

看够了美够了，把棉花小心翼翼翻一遍，不着急下去，可以躺在棉花上，仰望天空。棉花有一种松软的油脂的气息，那是棉籽的气息。屋顶离天空近了一点，但是云朵却更高了，但是此时我幻想自己躺在云朵上，在感官上，棉花和云朵没什么不同。

晒到屋顶的棉花要翻许多次，要晒到干透，才能去交公粮，去棉站卖。据说棉站有个仪器，管状，将它插进打开的棉花口袋里探测。如果这袋棉花没有干透，仪器就嘀嘀响，这次就评不上优，一等是一个价钱，吃亏。为了少麻烦，我们干脆把棉花晒好一点，晒干一点。

也有心眼多的，将湿的棉花放在口袋底部，干透的放在上面，幸运的话，也能混过去。湿棉花沉，卖个干棉花的价，赚了。但是棉站的人也不是省油的灯，他们有时候会把整袋棉花都倒出来测试——两方互相斗智斗勇，势均力敌。

晒完棉花，屋顶还有别的作用，晒花生、晒辣椒、晒各种豆子，这些作物都是小面积种植，收获不多，留着随时补充的。这一堆，那一堆，房顶上花花绿绿的。直到深秋，树叶落尽，露出黑色的本色，屋顶方才真正闲下来，等待迎接白雪。

甜甘蔗

我们小时候没有吃过真正的甘蔗，甘蔗是南方的。那时候条件有限，运不到我们这儿，就算花费巨大成本运过来了，也太贵，买不起。

小孩对甜有种执念，因为嘴里匮乏得很。冬天大街上最多来一个卖拐棍糖的，有时候家长还不给买。拐棍糖是膨化食品，玉米做的，加工成拐棍的模样，很大一根，入嘴即化，没有多少东西，而且里面加的是糖精。那种甜并不天然，是有点腻的甜。啥都没有的情况下，聊以慰藉肠胃。不像甜甘蔗，是真正的甜，有水分和大地滋养的那种清甜，润润的，完全不刺激，是温和的。

吃甜甘蔗要等到秋天。

孩子们最幸福的日子，就是秋天，地里转一圈，总会遇到点好吃的，如果能拔两根甜甘蔗回来，那收获可就太大了。

高粱不是本地主要农作物，而且高粱太受小鸟们喜爱，种一亩地，总有一部分被鸟给吃了。稻草人要扎得很像人才能吓到它们，可是很像人的话，也很吓人，路过的小孩子们看到谁家地里的稻草人太可怕了，就顺手拆着玩。

鸟儿们随时守候在空中，成群结队，人们靠个人力量无法保护这些粮食，所以都不爱种高粱。偶尔有需要的人家种一点儿，我们也会默默祈祷。因为高粱分很多种，有一种高粱，秆子特别甜，每一根都甜。我们偷折一根，才损失一棵而已，我们不像鸟，鸟们各个穗子都啄，损害起来无法计数。

有好几种高粱秆子是不甜的，不但不甜，还有种酸味，看着白白的，咬一口嚼一下，绵绵软软的没滋味，水分也不充足。如果一块地里是这种高粱，那就空欢喜一场了，只能放弃。

幸好还有玉米。

　　我们吃的甜甘蔗，一部分是高粱秆，次一点的，是玉米秆。

　　高粱成熟季也是玉米成熟季，高粱秆细、长、碧绿，玉米秆矮墩墩的。但是玉米不分品种，要凭经验去寻找甜

我们吃的甜甘蔗，一部分是高粱秆，次一点的，是玉米秆。幸好还有玉米。

的,有选择余地。有失败就有惊喜,所以在玉米地里找甜秆,总是充满希望。

有经验的孩子一眼就能看出哪根甜,哪根水分大,稳准狠,一把撅下来,外皮撕掉,躲一边吃去;没经验的就一根根试过去,撅一根,撕开外皮尝一尝,不甜,扔掉,再撅一根,撕开外皮尝一尝,没有水分,木渣渣的,扔掉再找……这些玉米秆也像人一样,高矮不齐,胖瘦不均,甜度也不一样,那些细高苗条的,往往甜;那些粗矮笨拙的,不好看,也不好吃。

找到一根甜的,坐在田埂上吃去。用嘴巴撕开外皮,将坚硬的外皮一条条扯下来,露出里面的瓤,汁液饱满的瓤,甜汁飞溅,贪婪地嚼到腮帮子酸。惨的是常常被锋利的外皮划破嘴角,也不哭。正在吃美味的小孩十分坚强,和着血也要一节节吃下去,吐出最后一口残渣,心满意足地去寻找下一棵。

反正玉米成熟了,去谁家田里找也没人在意。孩子只要秆,玉米掰下来扔在原地,还有的人家玉米已经掰回家了,剩一地空落落的玉米秆还没有收,那就随便看到一棵模样不错的"咔嚓"一撅,剥开尝一尝不满意,再奔下一根……

玉米秸秆拉回家后,偶尔馋了,还是会去翻,那时候已经绝少有青色的甜秆了。玉米秆没了根，营养尽失、苍老萎靡、叶子薄脆、秆子泛黄，是沧桑的模样了。我们不甘心，一捆捆翻过来翻过去，有时候真的能找到一根还没有完全老去的，剥下外皮，咬一口，它居然用最后的力气仍然甜着，让人特别庆幸和感动，只是汁水少了，有些木。

有点甜就好啊，毕竟都深秋了，不能求完美。

那时候很单纯，只要有一点甜，就会滋润整个人，一整天都是喜悦的，见到小狗都格外温柔。

间苗

间苗很累，全程蹲着，只半天工夫，就会全身酸痛，而且玉米等都是夏天播种，间苗的时间就在盛夏。汗流浃背不说，蹲着的姿势实在难受，所以间苗并不是受欢迎的农活儿，我能躲就躲。

间苗就是把多余的小苗拔掉，由于玉米是用机器播种的，机器一路只顾撒下种子，根本不会计算间隔。所以玉米苗一长出来，就是密密麻麻一棵挨着一棵，有的还会两三棵并排生长。远远看着，一片地都是绿油油的，还挺好看的，但是有三分之一的苗，是要拔掉的，是无用的。

玉米苗长大之后根须扩散，枝叶舒展。如果贪心留的苗太多，则每一棵苗都得不到充足的阳光和养分，导致玉米苗长不好，结了果实每一个都小小的，收成就会大大下降。看看，种庄稼蕴含着多么朴素的道理——贪多总会失去好结果。

所以间苗就很重要，间苗也叫定苗，小苗苗长出三四片叶子的时候要赶紧去定苗，晚了根系深扎互相盘根错节，你拔这一棵，就有可能伤到另一棵。

间苗都是大中午吃完饭就去了，怕热就戴着草帽遮阳。为啥要在下午这么热的时候呢？因为幼小的弱一些的苗扛不住大太阳，很容易蔫头耷脑，容易识别，尽量拔掉这些弱苗，实现最大利好。早上那样绝妙的好时光就不行，露水充沛，阳光温和，每一株苗都是一副苗壮的样子，你分辨不出哪一棵需要拔掉，容易误伤好苗。如果都是好苗，就按照间距清理，赶上谁算谁，那是小苗们的命运。

就算是真正的好苗，长得不是地方，也得拔掉，可见找对自己的位置有多重要。

定苗的时节，我妈带着我们一起下地，各自戴着大草帽。草帽遮阳效果不错，但是天气本来就热，又套一个帽子在头上，变成了又闷又热。草帽底下总是汗水涔涔，连头发都被打湿了。

　　蹲着干活儿，一开始还觉得很轻松，我们肆无忌惮地聊天唱歌讲八卦，渐渐就体力不支，双腿酸麻。低处也热，没有风，就要站起来歇一会儿，追寻着一丝一丝的微风，或者把草帽拿下来，握在手里扇啊扇。小孩能偷懒，我们站的时间越来越长，被我妈落下很远。有时候她都到头转

庄稼生长不能太满，要留有余地，才会有更多的收获。

回来一垄了，我们还在半路上磨蹭。那时候以为我妈是感受不到累和痛苦的，长大了才知道，那是责任在支撑，哪有年岁大就不累的道理。

间苗也顺带着拔草，将冒头的杂草清理干净。种玉米之前这片土地已经被翻过，施肥浇水，以最好的姿态迎接种子们。小草欢呼雀跃，在最适合的土壤中孕育、成长。草并不知道它们是不受欢迎的。同为植物，它们因为有强大的基因，比庄稼更卖力地生长着，几乎是见缝插针抢占空间。每一株草都墨绿墨绿的，迎风招展，笑容满面，不知道危险就在眼前。

我知道小草其实是很无辜的，它们也很好看，但是它们不能吃，只能被拔掉。被拔掉的小草要扔远一点，不然等你走了，第二天早上的露水一滋润，它搞不好又扎下根，活了。我总觉得会有一天小草能统治地球，因为它们又聪明又厉害，就算被你连根拔下来，它也能伺机原地复活。

间苗不需要巨大的体力付出，但需要专注力和耐心。我不爱干这个活儿，心里总是焦虑的，一会儿看看太阳怎么还不落山，一会儿站起来歇歇腿，一会儿又加快速度，想早点到头能坐一会儿。往往匆忙间把好苗拔掉了，自己吓一跳，看看没人注意赶紧扔掉，扔远一点，让这株倒霉的健康苗和草混杂在一起，免得被我妈看见了骂。

间苗后的玉米地，玉米苗稀稀疏疏，间距均匀，土地裸露，不复之前的鲜绿满眼，此时留下的每一株苗都是强壮的、有力的，是秋季的希望。

我觉得间苗更像是中国文化中的留白，画画也好，庄稼生长也好，都不能太满，要留有余地，才会有更多的收获。

小拉车

我小时候，家家都不富裕，往返家和庄稼地之间，小拉车是主要交通、运输工具，家家都不可或缺。有的人家实在没有，收秋的时候只能跟别人借，代价是帮忙干点活儿。小拉车取一个小字，不同于马车，马车是木质，造型精巧；小拉车是铁的，一个车厢两个车把加两个轮子，很简单，电焊处都能做。这种小车，长度两米左右，装满货物，可保证一人之力能拉动，也可以推着走，也叫小推车。

　　大家每天去地里干活的时候，都要拉上小车，回来的时候，或者割一车草，或者随便拉点什么回来。去的时候空车，我们自然上了车，我爸拉着。坐小拉车有技巧，几个孩子的重量沉甸甸的，不能全部坐在后面，这样拉车的人容易控制不住而翻车；也不能全部坐在前面，前面的重量太大的话，车会很沉，拉车的人费劲，抬不起把手，拉不动。一个小拉车最好坐俩人，后面的重一点，这样拉起来轻，前面再坐一个，压一压，拉车的人就轻快多了。如果是一个人，就坐在中间好了。我们很喜欢坐后面，前面的小拉车走着走着，我们从后面猛跑几步，一下子跳起来，跳到车上坐下，双腿悠荡在空中，不用自己走路，自然无比惬意。

　　也有失算的时候，如果是我拉车，谁忽然从后面跳上来的话，我力气小，会一下子控制不住，车把被后面的重量掀起来。我突然松手，整个车都向后栽下去，但是也不会倒，没有危险，车尾自然撑地，只是车把会高高翘起来，翘得老高。我们有时候找几个人坐在后面，专门让车把翘起来，前面的人跳起来抓住车把，荡悠悠悠在空中。如果坐后面的人使坏，突然离开，车把失去压力突然降落——荡悠的人很容易摔一个屁墩，不把肇事者追到天荒地老不算完。

我爸拉车最轻松，就算拉着我们几个孩子和我妈，在大路上走也是轻快的。

最怕在地里装满东西之后，如果是一车玉米，那可是沉得很。地里的土特别松软，车轮一步一陷。我爸弓着身子，车上拴一条绳子挂在肩膀上，类似纤夫套在身上那样，这样就可以全身一起用力。拉车的场面十分滑稽，我爸双腿后蹬，身体前倾，努力向前拉，还是拉不动。于是，我们全家一起上阵，余下的人都在后面卖力推，"一二三"，全家齐心协力好不容易才使车走出地里，回首见两道深深的车辙，触目惊心。

上了大路就轻松多了，最起码不会再有陷入湿地的危险。

村子里也有拖拉机，但是需要借，借了车还得借司机，谁家都忙，就不好意思张口。有时候整个收获季，一个小拉车，一家人就搞定了。累是累的，我们在后面推车还在其次，我爸的肩膀经常被麻绳勒出一道血印子——太不容易了。

后来差不多都机械化了，但是我家有一小块地，偏僻难行，连一条正经的大路也没有。这块地无论种了什么，都得用人力拉，自然是小拉车和我爸费力比较多。

　　小拉车是人力的，坐着安全舒适，我很害怕马车。因为村子里一个马车夫有一天赶着车经过我家门前那条大路的时候，马不知道遇到了什么，惊了。惊了的马完全控制不住，拉着车狂奔，最后将车夫摔了下来，拖着跑，车夫很快就死了，死状极度恐怖。这事是我小时候的阴影，每次经过他家门口，都会吓得发抖。

　　晚上坐小拉车是很爽的，有时候浇地或者什么，需要拉着一些工具、塑料水带什么的，一盘盘，堆在车上，通常是晚上，我跟着去看水井的话，必然要坐车。一个人，躺在车厢里，夜色浓黑神秘，但是你躺在这弹丸之地，就好像被安全包围起来了。仰面躺在车上，小车走得慢悠悠的，我爸拉着车，他还年轻着，有的是力气。漫天的星星挂在墨蓝深邃的天空中，有时候也有月亮，给地上的万物穿上了一层华衣，夜很静，路很长，就像永远也走不到头。

　　我也拉过车，空车去干活的时候，或者回家的时候，总是跃跃欲试。我个子太小，整个车把都架在肩膀上，很快胳膊就酸了。

　　我们家没有买拖拉机，因为出现了蹦蹦车，三个轱辘，俗名"三蹦子"，不用人力了，走在地里的时候，车也卖力。"蹦蹦"老半天走不了多远，屁股后面冒出一股股黑烟，闻之想吐。总之，是省力不少，拉的也多，可以高高地码一整车东西，不像小拉车，一趟拉不了多少，收一次秋，往返无数次。但是这个蹦蹦车有个致命的缺点，很容易翻。只有三个轮子，平衡力比较差，尤其拐弯时，拐不好就容易翻车，或者把车上装的东西甩出去，对于驾驶者有技术要求。

农人基本没有什么技术基础，技术都是在实践中掌握的。

有一次，我爸装了一车玉米秸，为了少拉几趟，就装了很多很多，高高码起来，回程的时候，我妹就坐在高高的玉米秸上面听车子"蹦蹦"行走，感觉自己离天空也近了几分。

结果在一个拐弯处，我爸拐弯拐猛了，玉米秸坍塌，翻在路边的沟里，我妹直接从高高的玉米秸上掉下来，又被玉米秸砸在下面。三蹦子响声巨大，震耳欲聋，坍塌又是缓慢形成的，导致我爸什么也没听见，继续开着往前走。直到后面的人发现了，才把我妹从沟里救上来。

再后来三蹦子换成了带棚子的，驾驶员可以坐在棚子里操作，外面的声音就更听不见了。但是下雨刮风的时候开，人不会太受罪，这个棚子算是三蹦子车的微小改良，其余构造还是一样的。

小拉车被淘汰了，在角落里风吹雨淋，生了锈，被卖了废铁，也不过几十块钱。

豌豆

豌豆长得好看，尤其开的小花极美，像伶俐清秀的邻家女孩。豌豆不会长很高，整个生命过程都是矮墩墩的。豌豆的绿，是雾蒙蒙的绿，如翠绿拢了一层纱，是欲语含羞的绿。豌豆开的花就更好看了，所有豆科的花都好看，豌豆花有一种低调的婉约美，粉、紫、白、蓝、红各色都有。粉色温柔可爱，白色纯洁无瑕，蓝色神秘沉静，红色热烈浓郁……花瓣翩翩，如落入的蝴蝶，所以千万别在开花的豌豆丛中追蝴蝶，你会看到哪里都像蝴蝶的。

豌豆花小而别致，我也想过摘几朵来插瓶，让它时时开在眼前。

小时候我很热衷于到处摘花插瓶，瓶子匮乏，大多数都是大人废弃不用的酒瓶洗干净权做花瓶用。春天摘杏花、桃花、梨花，这些花插瓶生动有趣，简陋的房间也难掩其光彩。只是摘花的时候要避开主人，摘了花，等于摘了果，会被主人追着骂，搞不好还会找到家里告诉家长。这些花诱惑太大，随便一插便满屋子熠熠生辉，开花时节总是与果树主人斗智斗勇。

夏天采摘各色野花回来，野花葳蕤繁茂，坚强坚韧，可是采摘下来就很娇气，最多开一天就蔫了。于是就换成各色野草，草也很好看，绿乎乎的，形态飘逸。

豌豆花开的季节，正是春光明媚，蜂飞蝶舞之时，我试着去摘一些豌豆花回来。豌豆本身就比较矮，花开几乎没有茎，摘几朵回来插瓶，一丢丢的梗，又细，要把瓶子里的水灌到几乎漫出来也不行。豌豆花的茎太细小、太嫩了，像婴儿的皮肤一样，或许是嫩到根本无法导水，于是豌豆花一会儿就耷拉下脑袋，蔫蔫的，失去了光彩。后来，我就不再幻想摘豌豆花了，但是可以种，在花盆里种一两棵豌豆苗，也和花没什么两样。

豌豆都是大面积种植，不是为了自家吃，而是为了卖，给家庭创收。豌豆很受欢迎，收获的季节每天都有一排排的大卡车等在地头，等待傍晚收豌豆。

每天摘多少，大卡车就收走多少，一点也不会剩余，价钱也公道，不欺人，所以种豌豆的人越来越多。相比于粮食，豌豆赚钱的目的更单一、更便捷。

摘豌豆就像抢一样，它们并不懂得分批成熟，而是呼啦一下子豆角都鼓起来了，纷纷垂坠在叶子底下。如果一时没有摘完，它们很快就熟过了。熟过的豆角表皮发黄，豆粒也老了、硬了，失去水分不值钱了，就卖不出去了。

所以要赶时间，多雇一些人来摘。

所有请来的人，工钱按斤计算，摘了多少，晚上一起过秤。每个人有麻袋或者大口袋，手脚麻利者是很能赚钱的。摘豌豆一般凌晨四点左右就起床了，月朗星稀时就已经来到地里。此时大地还在沉睡，豌豆上挂着露水，一碰就稀里哗啦落下来，把袖口和裤脚都打湿了。没人会因为露水而减缓速度，大家有条不紊，手起豆角落，一下摘一把。看得人眼花缭乱，那手法实在是太快了，又快又稳，还不会扯不到秧子。摘下的豆角扔进手边的筐里，筐子满了倒进口袋。大家出门前都带着一个小板凳，坐着摘，周围一片都摘完了，拎着板凳挪一挪。豌豆结得多，每一棵

豌豆的绿，是雾蒙蒙的绿，如翠绿挽了一层纱，是欲语含羞的绿。

秧上都挂着一串又一串豆角，像绿色的灯笼。每一串都写满了丰收的喜悦，它们也不躲，急匆匆跳入你的视线，滚进你的筐里。想来豌豆也不想老在枝头，成为种子吧。

早上晨光清冷，露重，摘豆角的人都要加一件外套。中午，太阳火辣辣的，外套脱掉也还是热。坐着劳作也是累的，出一身的汗，贴身的衣服像水洗过一样。主人家会管一顿饭，买一些简餐送到地里，大饼、油条、烧饼、榨菜加大壶茶水，买什么就吃什么，没人挑剔。大家坐在地头阴凉处，嘻嘻哈哈迅速吃完，马上投入战斗。

傍晚时分，卡车要开走了，称了重量，算了钱，大家拎着小板凳回家。我们家不种豌豆，整个摘豌豆季我妈都在帮人摘豆角赚钱，也能赚不少，摘多少赚多少钱，不担心市场行情，还省心。

　　初夏放学早，太阳还老高我们就都回家了，我见家里没人，马上就向地里跑，找我妈去。到了豌豆地，先忙乎着吃一场，这样的种植规模，谁也不在乎小孩吃那几口。吃豌豆是有窍门的，太成熟的鼓鼓的那种不能吃，有点苦，要挑嫩的，那种豆角瘪瘪的，还没发育好的。剥开豆角，一排绿色的小豆子整齐排列在豆荚里，用牙齿从一头一捋，一排小豆子都进了嘴。这种嫩豆子，汁水四溅，清甜可口，又饱腹又解渴，我们满地里寻嫩豆角吃。豌豆成熟季短，这种随便吃的机会可并不多，于是一鼓作气，直到吃饱。

　　吃饱了，便开始帮我妈摘豆角，小孩子生龙活虎，刚来也不知道累，半蹲半跪，一摘一大把。我妈的筐里很快就满了，旁边的婶子大妈羡慕不已，都盼着自家孩子能来帮忙，抽空就会有人问我一句："这孩子摘豆角挺快，考试第几名啊？"我一边迅速揪豆角扔进我妈的筐子里，一边闷声回答："第一。"于是，她们都不作声了，"嚓嚓嚓"摘豆角的声音整齐划一。

　　摘着摘着，我突然大叫一声，跳起来三尺高，因为遇到了豆虫。豌豆各种好，就是一样烦人，爱招豆虫。这种虫子很会伪装，所有的豆科植物都有它的身影。豆虫把自己搞得胖乎乎和豆角一个样，身体也是绿色的，趴在一隅偷吃。遇到了吓一激灵，摸到了要吓晕过去，小心脏"怦怦"跳。再摘的时候，手下都轻缓了些，把豆角盯得狠狠的，确认是真正的豆角才下手，速度也就慢下来了。

豌豆只摘一茬，人过处，秧子倒塌，果实空空，一片狼藉。

豌豆长得漂亮，从里到外都漂亮。剥开来，放在白瓷碗里，色泽鲜明，颗粒饱满，每一粒都像翡翠玉珠。

豌豆的需求日盛，后来市面上大部分的绿豆糕也由豌豆代替。真空包装的豌豆可配菜，可炒饭，好看也有营养，不像绿豆，成熟了就咬不动了，加工起来也麻烦。

十几年前，街上偶尔有卖豌豆黄的，这种小吃不是电视剧中宫廷里的那种豌豆黄，那种太精细精致。民间小吃，没那么讲究。无非是将豌豆加入小枣混在一起煮熟煮烂，等待冷却凝固后，用刀切成小块，一块一块卖。豌豆本身有香气，加上小枣的枣香与甜味，也算不错的小吃。

"卖豌豆黄啦——"小贩拖着长长的尾音在街巷里穿过，时光悠然漫长。

梨

　　我的家乡盛产梨，有的村庄因为梨树多，干脆就名为梨园。

　　有一些村庄，梨是主要的收入来源，他们大面积种植梨树，放弃种庄稼。卖梨的收入，比种庄稼要多很多，而且省去了秋收的忙碌与麻烦。不过梨树也需要护理，施肥、浇水、捉虫……每日忙碌程度，不亚于种庄稼。

　　梨不但贡献果实，让主人换到货真价实的钞票，梨还顺便贡献一树梨花。梨花开时如雪，洁净盛大，主人还要看着梨花，防止被过路的人偷摘。

花开时节，几十亩、几百亩的梨树连成一片，那场面，千里素白，十分壮观。

儿时经常去看梨花，经过修剪的梨树，枝丫整齐，花朵茂密，那种铺天盖地的感觉，让人震撼，我总是惊呆在梨花海中。

梨花如雪不是雪，具有雪的清洁，却无清寒，相反，梨花有着淡淡的温暖。梨花并不是纯粹的观赏花，花后跟着果实——梨，一种美味的水果。果农看梨花，心里怀的是另一种满足。

梨花是春天的花，梨花开，春天就真的来了。梁间飞燕子，春风拂面。梨花落如雪的时候，河边细草也绿如茵了。

雨后经过梨园，心里都泛起温柔来。空气中还残留着冷冽的味道，风起了，很凉，香气也挂着一丝凉意，成了冷香，吸一口，当真是心旷神怡。梨花摇摇曳曳，雨珠落在花心，落在花瓣，也落在叶子上，被风一摇，便滚动起来。

在文人笔下，梨花寂寞又凄美，清绝出尘，似乎只有长在旷野清溪畔才能诠释这一分俊雅。

事实上梨花是居家之花，除了成规模的梨园，许多乡下人家都在院子里种梨树。到了秋天，满树累累果实，孩子们仰头数着，心里有丰沛的喜悦。所以说，梨花多半并不寂寞啊。一家人在树底下来来去去，有小孩子闹，有妇人将衣服挂在最矮的枝丫上。黄昏时分，谁累了，倚着树干，闲闲靠一会儿。饭桌就放在梨树下，浓郁的烟火气伴随着一树的清甜。

其实无论生在哪里，梨花哪里会有寂寞，真正寂寞的，是面对它的人吧。

梨花落了之后，小梨就露出来了，一个个挂在枝头玲珑可爱。等梨长大一点，长到三十天左右，还有一个巨大工程，需要手工将每一个梨都套上纸袋，纸袋最好在晴好的上午套，其目的是防止虫咬。椿象对梨的伤害非常大，而且它们身上有个硬壳，喷药也经常喷不死，这种虫子，我们叫臭大姐。惹到它，它就会释放强烈的臭气，熏得人想吐，霸气十足。它们最爱吃甜的果实，果农想尽办法预防椿象侵袭偷吃。一个梨一旦被它们咬上一口，这个梨就会受伤，伤口形成黑色的、牢固的疤痕，没有卖相了。套袋还有一个功用，就是降低病害，起到保护作用，让梨在生长过程中充满幻觉，以为自己是无限安全的。这样果皮就会非常薄，吃起来汁液更饱满，也更脆甜，有爆浆感。

套的这个袋子非纸袋不可，纸袋风吹雨打不变形。袋子是特制的，张开后，两侧都有透气透水孔，雨水会及时排出去，不会沤烂果实。纸袋是梨最好的保护膜，但是大

梨花是春天的花，梨花开，春天就真的来了。梁间飞燕子，春风拂面。
梨花落如雪的时候，河边细草也绿如茵了。

规模套袋很累人，果农十分辛苦。

　　夏秋季节，走过梨园的时候，你会看到梨树上挂满了纸袋，它们安静垂坠，不问世事，是梨最好的守护者。

　　这里的梨树大部分是大鸭梨，也会间杂种几棵雪花梨。雪花梨超级大，表皮粗糙；而鸭梨小巧玲珑，表皮嫩黄，细腻。鸭梨汁水饱满甘甜，又清爽又漂亮，像翩翩美少年；雪花梨身形巨大，双手捧着，无玲珑身姿，是敦厚老实的样子。我还吃过一种苹果梨，长得和苹果一样，可是味道却是梨的味道，但不如鸭梨汁水浓郁，有些干。

　　摘梨是一年中最大的工程，收获的时节，亲戚朋友都来帮忙。大筐小筐摆起来，会爬树的爬到树杈上坐着摘，不会爬树的拎个梯子爬上去，手边带一个小筐，小心翼翼把梨子摘下来放进筐子里。梨汁水饱满，皮也薄，很容易磕破，非常娇嫩。摘的时候要连纸袋一起摘，这层纸袋是梨的保护层，一直到卖掉，到了顾客的手里，打算吃的时候，才会把纸袋剥开扔掉。

　　鸭梨中秋上市，是走亲戚的绝佳水果。鸭梨好吃，还化痰止咳，咳嗽了加冰糖熬梨水喝，很快就好了。

　　有一次，我去给别人家帮忙摘梨，偌大的梨园里，人来人往，大家说说笑笑，爬树爬梯。口渴了就撕开一个纸袋，用手将梨擦一擦，"咔嚓"一口，汁液饱满，甘甜清爽。摘梨的日子,可以可劲儿吃,漫山遍野的梨悬垂,多到不用珍惜。梨太多了,一堆又一堆,一树又一树,挂满枝丫。收梨的大卡车就停在路边,有专门和他们对接的人,——称过装车付款,流程简单却充满喜悦……

我拿了一个小筐子,爬上了一棵树。这些梨树都很有年头了,常年修剪,也并不高,枝杈粗壮,我坐在一个大的分杈上,双腿劈开荡漾在空中,手可触及处,到处都是梨,真是丰收的年份。抓住一个梨,轻轻一旋,扭断,放在筐子里,摘满后下树,放入大堆里,再爬上树继续摘。这个活儿并不怎么累,而且满园子梨香飘荡,空气都非常甜,秋风一缕缕穿过人群与梨树,人们从心里向外溢着喜悦。

生灵：春告鸟

鸟是世间的精灵

蛇雕大战

老家的后山是一片野山。

野山意味着荒芜,人迹罕至,不安全。

曾经的山区,每一家都能分到一座山,在自己家的山上,可以砍柴,可以采榛子、野杏,只要不做违法的事,可以在自己家山上可劲儿折腾。能分到户的山距离村子近,方便来去,而且山势平缓,不陡,没有危险。这些近距离的山,山上没有茂密的森林,没有野兽出没,顶多出现一些蛇、虫、野兔、黄鼠狼等,对人构不成威胁。

　　但是野山不一样，野山都是大山，深山，或有悬崖，或有猛兽，人轻易不会上去。需要上去的话，也都带着家伙，成群结队，跟过景阳冈似的。只要你不靠近，就无事，猛兽对人和人对猛兽是一样的，双方都互有忌惮，不会轻易来犯。

　　著名的蛇雕大战就发生在后山的一片野山上，那座山山高林密，有一面是悬崖峭壁，山上长满了荆棘野树。人们将自己家山上的柴砍完了，也会去野山上砍柴，但无论如何，那片山的悬崖是不会有人上去的。就算那里长满了柴和野果，成熟的榛子沉甸甸，也没人去采。因为那个悬崖上的大洞里，住着一条黄金大蟒。蟒蛇本身没有毒，但是胜在体积庞大。据说它遇到猎物的时候，整个身体缠上去，越缠越紧，没一会儿猎物就没了呼吸。走兽与人，遇到大蟒都是这个下场。

　　有一次，一只钢翅雕出现在蟒蛇的洞口。

　　钢翅雕体积庞大，从天空飞过，像一片乌云压过来。它飞落而下，却又转瞬腾空，扶摇直上——嘴里已经衔起一条蛇，钢翅雕喜欢吃蛇。

　　这只雕路过这片悬崖的时候，正好看到蟒蛇出来晒太阳。它也是判断失误，觉得这么大一坨食物，可以饱餐一顿了。

雕是鸟中之王，钢翅雕又是雕中之王，一对翅膀真的宛如钢刀一般，掠过之处，猎物被削成两半，这也导致了这只雕自信满满，判断失误。

巨大的钢翅雕在空中盘旋了一阵，蟒蛇连动都没动。没人知道这条大蟒在这里称王称霸多少年了，它的世界早就没有"惧怕"两个字。

钢翅雕观察了一阵，俯冲而下，试图将蟒蛇叼起来。它显然失算了，蟒蛇立起身子一甩尾，给了俯冲而下的雕重重一击。大雕毫无防备，刚硬的翅膀受了重伤，鲜血滴滴答答，挣扎了一下才拼命飞起来逃走了。

大蟒收拾了钢翅雕就回洞里去了。

钢翅雕是天空的霸主，哪里受过这样的委屈？大雕回去之后，很快就带来了两个伙伴。两个伙伴愤怒围攻了蟒蛇的洞穴，大蟒继续出来应战，两雕一蟒大战了几个回合。蟒蛇的巨尾左右开弓，如秋风扫落叶，蟒蛇巨尾如刚，闪转腾挪，雕们忽上忽下，时而俯冲时而腾空，始终无法避过巨尾靠近蟒蛇。搏斗片刻之后，漫天都是飞羽，互有损伤。最后雕们落败下来，愤怒地鸣叫着飞走了，蟒蛇懒洋洋地回洞里去了。

三只雕受了侮辱，很快又带了一群雕过来，蟒蛇已经不想出来了，也许是觉得对手太弱，也许是有点累了。

雕们哪里肯放过它，它们扇动着巨大的翅膀在洞口叫骂飞腾，聒噪非常，蟒蛇气不过，又冲出来"理论"。

这次来的雕更多了，其中还有一只小的，似乎刚刚成年，可谓全家总动员。

蟒蛇出洞，大战立即开始。钢翅雕们呼啸来去，挥舞着巨大的翅膀，迅速将蟒蛇围了个严严实实。大蟒虽然身形庞大，但是动作灵活，又能立起身子，甩头功与甩尾功十分了得。被众雕围攻，大蟒很愤怒，于是盘旋滑动，心态有点不稳。在打斗中，它的尾巴受了伤，于是疯狂攻击，战斗力爆表。雕们羽毛纷落，受挫严重，又有一两只受了伤。

在混乱的雕蛇大战中，那只小雕一直盘旋在高空观望，没有参战。围观良久，它忽然长鸣一声。众雕们听到这个叫声，都闪到空中。蟒蛇抬头观望，只见小雕一对钢翅携带着巨大的风浪箭一样俯冲而来。天空中黑影一闪，小雕瞬间便俯冲到蟒蛇身前，斜拍翅膀一掠而起，已经从大蟒蛇的身体穿过。蟒蛇在茫然间被斩成了两截，小雕并没有减速，又腾空而起，然后迅猛俯冲下来，再次飞掠而过穿透蟒蛇身体。速度之快，如闪电一般，转瞬之间，蟒蛇被斩成了几截，蠕动几下，死了。雕们纷纷俯冲而下，分而食之，然后呼啸而去，顷刻间消失在天空里。

全程目睹蛇雕大战的人们啧啧称奇，有老人说，小雕才是钢翅雕中最厉害的，那翅膀，简直能削铁。如果蟒蛇第一战遇到的就是小雕，恐怕它也没那么容易全身而退！

第二天，人们到悬崖上来，蟒蛇的尸体已经残缺不全了。从此，那个悬崖也不再是禁忌。巨大的洞口幽深幽深的，靠近一些，还能闻到一股浓重的腥气，那是蛇族独有的气味，充满了危险与威胁的味道。

胡巴剌子

　　胡巴剌子是我们当地的叫法，它的大名叫伯劳，大名鼎鼎。

　　文学作品写悲剧爱情的时候，结尾总爱用"劳燕分飞"来渲染无奈。燕是燕子，劳就是伯劳。

　　伯劳太文绉绉，不像胡巴剌子，一听就厉害，神秘，吓人。这种鸟，在北方是很有名的，它们虽然身形小，但却是天空的霸主。

　　鹰和雕体型庞大，爪如利刃，入云霄俯瞰大地，向来潇洒自如，众鸟见之则避，因为惹不起，唯有胡巴剌子不怕它们。

胡巴剌子个头很小，和燕子或喜鹊差不多大，以如此的身形对抗雕和鹰，它自有办法。胡巴剌子心机深，与大雕对阵的时候，从不正面攻击，而是专打下三路。它小巧灵活，一不小心就钻到雕肚皮下面去。雕肚皮下面没有羽毛护身，是很薄弱的地方，胡巴剌子钻进来就如同黏上，啄肚皮，拧大腿，这些地方肉厚且敏感，使雕疼痛难忍。任凭大雕翻云覆雨，也无法躲避一只专门钻进肚皮下面的胡巴剌子。久而久之，雕们鹰们，见了这种小鸟，反而先避开了，天空的霸主地位轻易就易主了。

胡巴剌子体型小，嘴却大，又坚硬无比，爪子也锋利无比。大鸟它能啄翻，小鸟就直接做了它的食物。它不忌口，吃昆虫，吃小鸟，吃老鼠，吃小兽，蜥蜴也吃……胡巴剌子性格暴烈，一惹就怒，其叫声激扬暴躁，闻之惊异，连人都觉得心惊。

凶猛的鸟类大都神秘，姿态高昂，远离人烟。但是胡巴剌子例外，它不喜深山，就爱居住在村庄附近，与人为邻。它们喜欢阔叶树，筑巢于此，所以在很多村庄附近的树林里，经常有它们的身影出没。

胡巴剌子居住的地方十分恐怖，它们喜欢把抓来的猎物咬死后直接挂在树枝上，挂在巢穴附近，这样饿了的时候就能直接吃，不必饿着肚子出门捕食。胡巴刺子不像家禽有嗉囊，它们吃的东西无法储存，直接入胃，所以容易饿，经常需要捕食。有了挂在巢穴外的风干食物，它们就能时时美餐。小小一只鸟，心机也有，智慧也有，本事也有，很难不成为鸟中之最，人们还给它们取了一个名字——鸟中屠夫。

去树林里玩，若是看见树枝上荡悠悠挂着一只风干的小鸟或者什么东西的尸体，那么附近必有胡巴刺子居住，悄悄走开就是，不要去激怒或招惹它们。死去的小鸟们被挂在树枝上，风吹日晒，渐渐风干，竟与人类的腊肉大同小异，只是缺了一点腌制的盐。

胡巴刺子既凶猛，又聪明，长得还萌，做事却让人毛骨悚然。外形很能骗人，典型的天使面孔，魔鬼心肠。

人也怕它们，大人还好，知道躲着它们走，鸟毕竟是鸟，很少主动攻击人。但是小孩就不一样了，小孩和鸟互相不懂，很容易互相冒犯转为敌对。

有一次，邻居家小力出门玩，他也就七八岁的样子，手里拿着一只捉来的青蛙玩。许久不见他回来，他妈妈出门去找，见他正在大树底下蹲着，胳膊上站着一只胡巴刺子。鸟盯着他手上的青蛙一动不动，他妈妈吓得腿都软了，也不敢喊，怕惊动这鸟，活活把孩子啄瞎。还好，那天有惊无险，胡巴剌子把小力手上的青蛙叼走就飞走了。小力妈妈跌跌撞撞跑过去抱住他，眼泪都出来了。传说中，这凶猛的小鸟不但欺负雕，吃更小的鸟雀，它还喜欢啄小孩的眼睛吃。

胡巴剌子体型娇小，和燕子不相上下，所以有"劳燕分飞"一说。这个成语并不是说明它们感情很好，而是因为伯劳，也就是胡巴剌子凶狠狠辣，一般的鸟都怕它。它容易饿，见了鸟就要追上去吃。燕子灵活，飞得快，一对翅膀如剪刀，划过长空，有瞬间飞走的本领，所以伯劳想抓燕子比较难。它跟着燕子飞，追一段觉得毫无希望，就转身飞走了，这才是真正的劳燕分飞之意——伯劳追不上燕子！尽管如此，我们依然喜欢用"劳燕分飞"来比作遗憾转身的情侣，不妨事。

灵鸟抽签

　　早年间，在偏僻乡村的集市上，偶尔会见到算卦先生。他们在角落里支起一张卦摊，上面摆一只竹筒，竹筒里插满了卦签，旁边有两只笼子，各栖小鸟一只。小鸟模样秀气，头顶与翅膀各生一点黑羽，其余部分皆是黄色，通体柔美，羽毛顺滑，是两只美鸟。

　　集市上人声鼎沸，嘈杂无比，鸟与卦人皆沉静如定，走过路过的人无不屏息敛目，觉得此卦摊神秘不可冒犯。偶尔有失意人，迟疑着来询问卦资，觉得合理，便会坐下卜上一卦。算卦的人以女人居多，闭塞的生活环境，根深蒂固的性别压抑，让身处底层与穷困地区的女人生存艰难，继而就会怀疑是否命运不济。实在无法排解就会求助算命，或者烧香拜佛。这也是香客中女人居多的缘故吧。

谈好卦资，女人坐下，说出自己内心的困惑，算命先生打开笼子，命黄鸟自签筒里叼一根签出来。黄鸟领命，迅疾飞出来，如一道黄光一闪，飞到签筒前选择一根叼出来，"啪"向桌子上一扔，又飞回笼子。

算命先生拿起签来念一下签词，解一通，大体问的是未来事，也无法确定准还是不准。为了准确性，读完签，算命先生会把签子再次放回筒内，摇一摇，以使这根签和里面的那些融入一体。然后他会唤另外一只黄鸟出来，鸟有灵气，飞到签筒叼一根签出来，"啪"一声扔在卦桌上。算命先生拿起那根签，伸到女人面前让她看，表情隐忍，却也泄露了小小的得意。

还是那根签！

这就奇了，由不得你不信。女人惊叫一声，大声喊"灵"。渐渐围拢一圈看热闹的人，有人跃跃欲试。灵鸟不时在主人的示意下出笼叼签，场面红火，卦摊很快成为集市上最热闹的一个所在。

命运实在神奇而不可控，若能知晓未来，谁会不愿意？

无论是什么样的年景，算卦的摊位永远不愁没有生意，一人两鸟，风雨无惧。

走乡串巷的也有，算卦人一手提着鸟笼子，一手举着卦旗。我爸小时候曾经见人算卦，不同的是，这人只带一笼一鸟。有人叫住他算命，他便停下，命灵鸟出来叼签。只是这鸟还没训好，算卦人用一颗花生米引诱着，灵鸟才终于从签筒里衔了一根签出来。它完成任务，必须把花生给它吃，如果骗了它，下次它就不出来叼签子了。

算卦人的鸟都是黄鸟，黄鸟性情温和，很好驯化，所以能为人用。

到了近些年，黄鸟抽签由对命运的预算渐渐演变成更简洁、更吸引人的方式——小黄鸟专门来抽取你的姓氏或者生日。如此业务，又快又准确，比之算命运与前程，效率和准确率都提升了很多。

黄鸟也叫黄雀，"螳螂捕蝉，黄雀在后"的黄雀。黄雀模样清秀，性情温和，是人类最喜欢饲养的鸟类。据说算卦人训练黄雀的时候，先是在挂签上撒一些米粒，让它对这些签子感兴趣。长此以往，黄雀业务熟练，主人一个手势，它就去衔一根卦签出来了。

命运如此神秘不可捉摸，以至于作为万物之长的人类，

居然会在迷茫中将困惑诉诸一只鸟类来预测，实在是让人
唏嘘。

　　小时候见过一次黄鸟抽签，那时候我还小，记不太清

命运实在神奇而不可控，若能知晓未来，谁会不愿意？
无论是什么样的年景，算卦的摊位永远不愁没有生意，一人两鸟，
风雨无惧。

楚。只记得一只鸟站在笼子里，笼门开着，它也不飞走，还会衔一根签出来，特别好玩。后来看了《聊斋》中的花姑子篇，心想黄鸟还真是适合写入《聊斋》呢。它们聪明漂亮、性情温和、乖巧听话，不正像一位标准的美女吗？如果算卦人是一位落魄的书生，风流潇洒的年轻公子，这故事肯定会好看。

麻雀

学了鲁迅先生的一篇课文之后，我们也想在雪地里捕麻雀，可是麻雀捕来干吗却不知道，那就先捕了再说，反正闲着也是闲着。

一场大雪后，白雪覆盖着大地。麻雀找不到食物吃，就站在电线上叽叽喳喳"控诉"。控诉人类还是控诉大雪呢？听不懂。麻雀不管你能不能听懂，它们表达欲很强。每一场雪后，它们会迅速集结成为电线上的一排小逗点，每天就这样在电线上开会，雪地里声音愈发清脆，清冷。

白雪麻雀，干枝枯叶，清冷空旷，宛如中国画。留白也有了，韵味也有了，只是小时候不懂欣赏，心思都在抓麻雀上。

有课文做参照，抓麻雀的步骤烂熟于心。

我们先扫出一块空地，把雪堆在两旁。拿一个筛子出来倒扣，找一根木棍，将筛子支撑起来，将一条长长的绳系在木棍上，绳子的另一头拉回房间，将门虚掩。我们大气也不敢出，静悄悄等在门后，几只眼睛目不转睛盯着门外空地上的筛子，筛子底下早就放好了谷粒，只等麻雀上钩。

麻雀并不傻，发现地上有粮食后，并不会马上去吃，而是要试探一会儿，这世上没有白给的美食，麻雀大概也明白这个道理。它们先慢慢靠近，左右观察，一只两只三只，大家在空地上跳来跳去观察筛子周围。也会有一只胆大的轻轻跳过去，观望一下，以迅雷不及掩耳之势啄一口米粒又马上逃走。如果哪个孩子沉不住气，此时拉动线绳的话，随着筛子"啪啦"一声扣死，还没有完全失去警惕的麻雀们迅疾起飞，"哄"一下四散在天空里。它们是有语言的，于是一传十十传百，不但不再下来吃米，附近电线上的麻雀都会得到通知，起身飞走，留下一片"骂声"给我们。

　　于是，这一天你都别想用这个办法抓麻雀了。麻雀们全都飞走了，这个小孩会被骂一天，骂到抬不起头来。

　　第二天，再用同样的方法去捕抓，麻雀们大概已经换了一批，它们依然会重复昨天的步骤。

　　我们常常布置陷阱，但是很少抓到麻雀，这些小家伙太敏捷了。有时候它们明明已经吃到谷粒，你一拉绳，它们还是会在筛子倒扣的一瞬间逃走。

　　还有更可气的，几只麻雀同时落下来小心翼翼钻进去吃几口，忽然又飞走了。等你拉动绳子时，米粒也吃完了，麻雀也飞走了，竹筛捕雀一场空。

　　麻雀们偶尔失手，我们才能抓到一只，大家欢呼雀跃。靠近筛子的时候，因为兴奋，手都是颤抖的，竟然不敢掀动筛子，怕它又飞走了。

　　抓住一只麻雀，其实玩不了一天半天，它就死了。有时候你明明什么也没做，没虐待它，还喂它米和水，可小麻雀还是死了。

　　有一年，一只麻雀飞进了屋子里到处乱撞，我姥爷很轻易就抓住了，用一个小线绳拴住腿给我弟弟玩儿。我弟弟可算得了宝，牵着惊恐的小麻雀满院子乱跑。麻雀飞出去又被拉回来，翅膀"扑棱棱，扑棱棱"，像放风筝一样。到了晚上，我弟把它拴在桌子腿上。第二天一早，发现它

白雪麻雀，干枝枯叶，清冷空旷，宛如绘画。留白也有了，韵味也有了。麻雀长得也真像水墨画，黑白分明，是精巧的小写意，又有神韵，又具酣畅之意，实在是天地间的灵物。

已经死了，小小的身体都僵硬了。我想，或许是拼命争逃的过程中累死的吧！后来听大人说，麻雀气性大，你把它抓来，它就会气死。

原来是气死的，真有骨气呢。

从此便牢牢记住麻雀的脾性，再不做气死它的事儿。好容易捉了来，它不陪你玩就死了，等于白白害死了它，不划算。

去年夏天，房间里进了一只苍蝇，于是我打开纱窗想把苍蝇赶出去，不料一只麻雀忽然闯进来。见了我，它惊恐万状，掉头就向外面冲。玻璃窗太明亮了，它不明所以，一下子就撞上去，撞得不轻，耷拉下翅膀躺在窗台上。我慢慢走过去，轻轻抓起它，它似乎是没力气动了。麻雀睁开眼睛看了我一眼，是那种恐惧和茫然的表情，是好奇和无力，听天由命的顺从，和小时候捉到的麻雀也不一样。大概这只更小，没有生活经验，所以才误入了人家窗子。

我记得它们气性大，不想气死它，又怕它乱跑去撞别的玻璃，再撞一次搞不好没气死，就撞死了。我一边走到窗前，一边安慰它说："别怕，我又不伤害你，你在我手上别动，我放你出去好不好？"它把我的话当成耳旁风，我握得不紧，它一下子就从我手里飞走了。

窗户开着，但它找不到，又急于离开，就又开始到处乱撞玻璃。我怕吓到它，只好躲到旁边，然后偷偷拍了几张照片。最后它似乎是绝望了，贴在窗玻璃上一动不动，也或许是没有力气了，快撞晕了，听天由命似的看着我。我走过去，再次用手托起它，它也只是稍微后退了一下，就不再躲闪。我托着它，它就在我手上一动不动，跟我对视。天渐渐黑了，它的小圆眼睛一眨不眨，我发现麻雀长得真像水墨画，黑白分明，是精巧的小写意，又有神韵，又具酣畅之意，实在是天地间的灵物。

我用手托着它，把手伸出纱窗之外，使劲一扔，它张开翅膀隐入天空，很快就不见了。

不是说，鸟儿感受到善意，会回来跟你告别的吗？我等了半天，这只鸟也没有回来过，我关上了窗子。

燕子来时

　　男孩子淘气，满身的精力像充满电一样，无处释放，以至于他们连正经走路都不会，都是用跑或者跳的。于是他们掏鸟窝、爬树，到处闯祸，去释放多余的电量。

　　还有一项释放电量的游戏——捅燕子窝，以破坏来找存在感。我弟弟也是其中一个淘气的男孩子，但是我勒令他不许捅燕子窝。

　　燕子是吉祥的鸟儿，它在谁家搭窝，说明这家是忠厚老实的人家，不会为非作歹。鸟儿是天地之灵，燕子能嗅到人品的味道。

燕子冬去春回，是迁徙的鸟儿。每年春末它们从南方回来的时候，都会飞回旧址。如果旧窝没有坏，就可以直接住进去。如果被风雨或者人为破坏了，它们就会修一修。如果旧址被别的鸟儿占据了，睡过了，燕子能闻出气味，这窝它们就不要了，就要另外搭建。燕子成双成对，黑白分明，春暖花开时节，飞舞在柳条飞扬的绿荫中，来回穿梭衔枝衔泥，既忙碌又如诗如画。

到了夏天，小燕子就出生了。一窝嗷嗷待哺的小脑袋露在外面，小嘴巴黄黄的，小燕子无所事事整日里"叽叽喳喳"学说话。

去年初夏回了趟老家，家里一两个月没住人了，但燕子依旧回来了。门房上有两个燕窝，一个半截的，还没有建完，一个是去年的完整的。半截没有完工的小燕窝里，四只小家伙露出黄色的小嘴叽叽喳，两只大燕子则露一半身子斜斜卧在里面。这个窝刚刚修建，太小了。我疑惑：明明去年的窝好好的，怎么非要新建一个呢？我妈说："去年那个，被别的鸟占了，具体是什么鸟也忘了。燕子是清洁的鸟，见有别的鸟住过它们的房子，它们就不要了，无论多辛苦也要重新搭窝。"

两只大燕子果然在搭窝，它们轮流从外面衔了稻草或者小树枝回来。雌雄两只来回穿梭，不顾劳累。那窝还是很小，小到大燕子只能把尾巴塞进去，头和身子都要露在外面。

要走的时候，我们发现有两只小雏燕不知为何从窝里摔下来了。小雏燕还没有长羽毛，丑丑的，粉乎乎的身体，大概是摔到了，也或许是太小了，它们俩只能趴在冰冷的水泥地上。它们的爸爸妈妈急得上下翻飞，围绕着孩子们叫个不停。见我们出来，两只大燕子绝望地飞回屋顶，又在屋顶盘旋惨叫，将门洞房梁上陈年的尘土都折腾起来了，"噗噗"乱飞。它们只是两只鸟，无法将掉下去的孩子们捡回来。

我们家是新修的房子，门洞挺高的，地面与墙面都是水泥的，它们的窝就搭在门洞的一角，很高。我们找来梯子，将小雏鸟捡起来小心翼翼地放回窝里。

放小燕回窝时得以近距离观察，才发现这个窝太小了，里面垫上稻草的话，就只有一点空间了。难怪刚刚孵出来的小燕子会掉下来。

我弟在旁边叹气："咋这么想不开，新家没有搭好睡起来怪难受的，就去旧房子睡几天呗，真想不开，搞得小燕子也掉下来。"

燕子就是这么想不开，受不了这个委屈。它们的家就

燕子是吉祥的鸟儿，它在谁家搭窝，说明这家是忠厚老实的人家，不会为非作歹。鸟儿是天地之灵，燕子能闻到人品的味道。

是它们的家，不能接受被异类玷污一丝一毫。

　　我记得家里一直都有燕子，那时候老房子还没有翻盖，燕子窝搭在堂屋里。年深日久的烟熏，房梁黑乎乎的，燕子窝也黑乎乎的，但它稳固地挂在那儿。堂屋门上方有一扇窗，燕子回来后，这扇窗就不关了，由着它们飞来飞去。旧房子不严谨，蛇、鼠都能跑进去，不像新房子，处处都是牢固的水泥浇筑，杜绝了蛇鼠进门。

　　有蛇的时候，燕子窝并不安全，哪怕就在人家家里的堂屋上。

　　弟弟一岁那年，有一次午睡，我直接将他放在了炕沿边。为了防止他翻身掉下来，我就一直在旁边守着。忽然，猫"喵呜"一声跳起来冲出去。循着猫的声音，见一条蛇游动而来，直接进了房间。蛇的嘴里叼着一只雏燕，它大概是迷了路，想出门，却闯进了卧室。我吓傻在原地，一动不敢动。猫是一只大猫，十分勇猛，它几步追上蛇，将其叼住。蛇受到攻击，立刻蜷成一团。猫死死咬着蛇，发出恐怖的"呜呜"声，跃跃欲试想跳到炕上来。要是跳上来，正好落到弟弟身上。

　　我立时醒悟过来，捡起身边所有东西疯狂打猫。猫嘴里发出"呜呜嗷嗷"的声音，瘆人，但是它还是怕人，在我的狂乱打击与尖声惊叫中，转头跑出去了。猫叼着蛇，蛇叼着鸟，一猫一蛇一鸟，不知道它们都跑到哪里去了。我瘫倒在地，太可怕了，我的手都麻木了。

　　那件事给我造成了心理阴影，每到盛夏的中午——暴烈的阳光洒在大地上，静谧而无声，唯有热浪滚滚，我就觉得这份热浪中的静谧散发着危险信号，于我来说十分恐怖。想想曾经，小燕子成长很不容易。猫也吃雏燕，蛇也吃雏燕，猫不会飞，它就是在地上仰头等着，蛇却可以爬上屋梁，若遇上危险，小燕子们几乎无处可躲。

布谷

　　每年三四月间,春水初盛,春风十里,杏花桃花次第开了,田间草木开始丰润,一株株小草冒出了头, 很快就绿茵茵一片。呈无边无际之势向天边蔓延,柳树开始染上了一抹浅绿,春风送来了一领绿色的披风,将天地万物都笼罩在一片青翠之中。

　　此时,田间地头开始响彻清脆的"布谷布谷"声,催种小能手布谷鸟上线。它们飞过山川大地,飞过林梢花丛,每天清晨飞过村庄的上空。修整了整整一

布谷总是伴随着如诗如画的乡村景色。

个冬天的农人推开家门，在"布谷布谷"的提醒声中开犁种地，开始一年的忙碌。

在乡下，人们跟着"布谷布谷"的叫声耕种，从不逾时。布谷鸟可算是十分操心的鸟了，深得农人喜爱，所以每每追随它的叫声开始耕种。

但它又是十分无赖的鸟。布谷鸟性格孤僻，不合群，它们都是单独行动，谁也不理谁。若起得早，在晨曦朦胧中，循着"布谷布谷"的啼叫，可见一个孤独的身影掠过天空，向广袤无垠处飞去。

这么孤僻的性格，自然不适合生儿育女，所以布谷鸟不筑巢，不孵卵，也不养育孩子，是非常不负责任的家长。

物质基础等于零，但是也要把基因和物种延续下去，这是大自然的法则。所以布谷鸟在产卵前就会到处去物色巢穴，看到它喜欢的，就暗暗记下来，伺机布局。布谷鸟一般选择黄雀、云雀、麻雀等老实又单纯的雀类来欺负。它们选好别人的巢后，就会密切注意其动向。等主人生下蛋准备孵的时候，它就伺机而动。等主人离开家，它就赶紧飞过去，把人家的蛋扔出去，然后抓紧时间在别人的窝里下蛋。布谷鸟很有本事，它下的蛋竟然和主人的蛋几乎一模一样。无论它占据的是云雀家还是黄雀家，它都会巧妙伪装，让蛋的颜色、大小、数量，甚至斑点和花纹都跟人家的蛋一模一样。下完蛋，布谷鸟就飞走了，主人回来完全不会发现破绽，于是精心给布谷鸟孵蛋，把它的孩子当成亲生骨肉抚养。

布谷鸟的孩子，小布谷鸟比别的鸟先破壳，如果它们出生后，发现周围还有别的鸟蛋，它们就会把这些蛋都推到窝外面去。可怜主人的孩子们还没出生就摔死了，雀鸟不明所以，还会因为这窝里仅剩的孩子特别宝贵而更加精心抚育。到最后自然是一场空。

基因实在是太强大了，小小布谷鸟一出生就已经具备狠辣的手段，自私又残忍。

布谷鸟出生后很快就飞走了，它们的亲生母亲在整个孵化过程中并不会走远，一直徘徊在附近。等着翅膀硬了，在别的雀鸟羽翼下出生长大的小布谷，就会拍拍翅膀毫不留恋地跟着亲生母亲飞走了。

布谷总是伴随着如诗如画的乡村景色，它们自晨曦微露的薄雾中穿越而来，宛如身披轻纱；它们在晚霞如锦的黄昏低飞徘徊，婉转翩飞，它们叫声清脆婉转，积极向上，为农人唱响了一曲春歌。若春耕之时伴随着布谷鸟的鸣叫，就预示着来年丰收有望，布谷鸟的出现与存在实在是一件让人喜悦的事。所以农人并不讨厌布谷，还很喜欢它，像对待喜鹊一般对待它们。

可是在"做鸟"这个问题上，它占人巢穴，摔人子女，实在是有点欠揍，太欺负雀类们了。人们不讨厌布谷，布谷却让众鸟咬牙切齿，所以没有一只鸟会跟布谷鸟做朋友。

王刚哥

　　王刚哥长得很像猫头鹰，作风也很像猫头鹰，它们清明之后才出现，中秋前后就看不到了。它们喜欢在夜色中出没，居住在深山树林里。对于这种鸟，大多数时间是只闻其声，不见其影，很神秘。

　　王刚哥因为叫声得名，它们叫起来，就似乎在一声声喊："王刚哥，王刚哥……"声音凄厉，惹人动容。

　　家乡有很多关于王刚哥的传说，也经常听到它们的叫声，但是从来没人见过它们长什么样子，什么颜色。传说，王刚哥是人参的守护者，见此种鸟处即有人参。在东北深山里，人们会跟着王刚哥寻找人参。王刚哥日夜守护着人参，在深山里挖参的人，如果没见到此种鸟，就不会去挖的，挖参人对王刚哥超级信任。

守护人参是王刚哥的传说之一，然而我们这里并没有人见过人参。我爸妈都在山里长大，对王刚哥的叫声习以为常。爸妈居住的村庄虽在山地，却并非深山，村庄周围的山他们几乎每天都去，砍柴割草放羊放牛，也会在平整的山脚下种庄稼。这样的山不高，也没有茂密的森林，自然也不会有人参这样的灵物生长。既然没有人参，王刚哥又为什么会生活在这里呢？这也是一个无法解释的问题。

没有人参，也就无法证实王刚哥是人参守护者的说法。但是也有人说，这种鸟专门爱吃人参的种子，所以总是在人参附近出现。

关于王刚哥的传说很多，因此它显得很神秘。它们居住在深山树林里，人们只听其声，很少有人见过它们的真面目。我爸说，王刚哥吃红蚂蚁，只吃来食，大概是非常懒，不愿意捕食吧。

关于王刚哥的传说，我听过好几个版本，一个版本说曾经有一个美丽的姑娘，她的情郎叫王刚哥。两个人很相爱，可是家人反对他们在一起。后来情郎死了，姑娘太伤心，就跳下悬崖变成了鸟。变成鸟之后，姑娘还在一直思念着情郎，每天都在一边飞一边寻找她的王刚哥。她飞遍了很多地方，大声呼喊她的王刚哥，可是她再也没有找到情郎。于是，生生世世作为一只鸟，陷入无止境的追寻。这是一个悲剧故事，所以姑娘化成的小鸟声音凄厉，听起来让人难受。

悲剧爱情，永恒主题。

另一个传说，是关于继母的。一个名叫王刚的男孩，母亲死了，父亲娶了新老婆，继母一心想害死他好让自己的儿子独霸家产。一天，继母终于想出一条毒计。她让两个孩子去后山种麻，谁的麻先出芽了，谁就可以回家，如果麻不出芽，就永远不要回来了。然后给了两个孩子一人一袋麻籽，王刚那份是炒熟了的，永远也不会出芽，意味着这孩子永远也回不来了。

没想到两个孩子在路上饿了，就各自打开口袋吃麻籽。弟弟尝了一下，觉得哥哥的更好吃，于是他们就换了种子。结果可想而知，王刚的麻很快就出了幼苗，可是弟弟的麻籽却一直不见动静。弟弟十分听话，不敢回家，就一直守着他种的麻。哥哥王刚完成了任务，可是他也没有回家，等着弟弟。后来他们的干粮吃完了，两个孩子都饿死了。弟弟死后变成一只鸟，一直追着哥哥喊："王刚哥，王刚哥……"可是哥哥不知道去了哪里，哥哥失踪了！

后妈很坏系列的故事，也很有市场。只是，故事漏洞太多，既然弟弟变成了鸟，那么哥哥呢？他死后去哪里了？

总之，无论是男孩变的还是姑娘变的，这只鸟，它都在追寻一个永远追不上找不到的人：王刚哥。

注：王刚哥，学名东方角鸮，是猫头鹰的一种，通常在夜里发出如同"王刚哥"的神秘叫声。

乡野：草木缘

一草一木，一花一树，

万物共生，草木，是曾经的记忆，

也是生命的自由

马兰头

雏菊是它的学名，文绉绉的，在乡下，它还有个名字，叫马兰头。马兰头成片生长，很少有单株。它们错落成片，低矮，叶翠绿，花朵小而圆，像缩小版的向日葵，永远葳蕤茂盛，一副给点阳光就灿烂的样子。

马兰头是乡间最常见的野花，它们长在幽深的看不到头的小路两边，或者菜园子里。再不爱花草的农人也不会专门去拔掉，而是任由它们在园子里灿烂。别的草木就没有这个待遇，勤快的人家，会把所有草都拔掉，不允许菜园里有多余的草木跟蔬菜们争抢营养和阳光。马兰头不一样，它在角落里，风姿绰约，趣味十足。那就长着吧。

　　马兰头确实是最坚强的花，盛夏的晌午，所有植物都在暴晒中蔫耷耷的，只有它们还昂着头，不惧怕。它们似乎永远也不担心暴晒与缺水，永远一副朝气蓬勃、郁郁葱葱的样子。

马兰头是我的最爱。

　　马兰头是我的最爱，乡下的野花虽然多，却不好采摘，要么茎很短而弱，比如车前草；要么花朵娇弱，采下来就蔫了，比如打碗花。只有雏菊不一样，它们不娇弱，摘一把，回家插在瓶子里，灌一点水，身姿挺拔，能在瓶子里生存很久。

　　我开始爱美之后，就会摘马兰头回来插瓶。我的房间曾经是一间杂物室，我十来岁突然不想跟家人一起睡了，于是就自己搬到了这个屋。房间里杂乱不堪，到处是装花生的口袋，装粮食的口袋，各种农具等。

　　我爸用两块闲置的门板在靠墙处给我搭了一张床，四角用砖垫起来当作床腿，铺了被褥之后，居然也很像床的样子。没有家具，但有一只箱子，红色的，好像是我爸妈的结婚用品。箱子的漆被染上了时光的痕迹，不鲜艳了，反倒显得更沉稳。我所有的东西都放在箱子里，但是箱子只能放在地上，不好看。于是我又出门寻找了一些青砖搬回来，像搭床一样，用砖搭了一个架子出来，将箱子放在上面。底下悬空不好看，我又找了一块闲置的、好看花布将悬空的部分围起来，这样下面是花布，上面是箱子，终于整齐漂亮了。

　　马兰头就放在箱子上面，插在酒瓶子里。马兰头是随意的花，不矜贵，也不忸怩，因为随意，瓶子和花很搭。整个夏天，房间里因为箱子上的马兰头生出了秩序感与趣味，我们互相陪伴。

马兰头是采不完的，出门走几步，出了村庄就是它们的天下，到处都有。

在外国文学作品中，总看到关于小雏菊的描述，给我留下深刻印象。原来田间地头这不起眼的，随处可见的小野花，还是遍布世界的小花呢。

马兰头花朵小小的，花瓣犹如细丝，颜色繁多，花蕊是黄色的圆盘。味道有一点清苦，这清苦比香甜多了些冷静和清醒。野花大多是这个味道，理性的，不被疼爱，需要自我保护的味道。家养的观赏花就不一样了，家花浓香多，也有甜香，是恃宠而骄的香。玫瑰那么甜，很容易就让人迷失了，但是马兰头不会，马兰头会让你冷静，想想自己真正要的是什么，能承受坏结果到什么程度。

马兰头是成片生长的，但花点点分布，犹如星星落在了人间。

马兰头开花葳蕤茂盛，毫无软弱之意，虽然小，却非常有个性，它的花语居然是隐瞒者的爱，是独属于暗恋者的花朵。

马兰头长在路边，小路就幽静了些；雏菊开在田野，乡村也恬淡了些。马兰头是乡村的灵魂，一个没有雏菊的村庄，是没有浪漫色彩的；一片没有雏菊的田野，是单调无趣的。

毛毛草

　　毛毛草，其实就是狗尾巴草，因为它有穗，长得毛茸茸的，小名就叫毛毛草了。

　　毛毛草遍布各处，多年的旧屋檐，泥土的墙头，墙脚不走人的地方，只需一个春天，它们就伸出小手来感知世界。如果不管它，很快就能葳蕤成片，在晨光与晚风中摇曳。羊喜欢吃它们的叶子，放羊的时候找一片草地，就可以撒手不管了。毛毛草是吃不完的，这里啃完了，那里又长了起来，此消彼长，犹如做游戏。

　　农村的房子，房后面有一块闲置的地方，比道路高一些，可以防止下雨存水淹到地基。这块地方平时没有人来，因为在屋后也不会种东西，但有丰沛的雨水，这里渐渐就成了毛毛草的天下。坐在自家窗前，便可见邻居家屋后的毛毛草，在雨中在风中摇摇摆摆，翠绿可爱。雨后的水珠往往把毛穗压弯了，小草们就低下了头。

　　想必我家的屋后也是这样的情景，无人处总会有毛毛草。

　　乡下的路简单。我小时候，还没有很多柏油路和水泥路，所有通向村外的路都是窄窄的、弯弯曲曲的土路。如果下雨时还有车走过，那么等天晴了，路上就会出现两道坑坑洼洼的车辙。

　　这些小路，都是因为走的人多了而形成的，不会有路基，人们走到哪里，路就延伸到哪里。毛毛草就充当了路草，道树是人为种在大路两边遮阳和观赏的，路草却是自封的，它们自愿长在那儿，守护一条路。

　　在所有的小路两边，它们茂密生长，一丛又一丛挤在一起。因此，在乡下没有一条路是空寂的，它们全都被无边无际的毛毛草包围着、陪伴着、拥护着。行走其间，它们就在你的小腿旁摇曳，像天然的屏障一样，默默地将路边的沟与坡都覆盖了、填平了。

　　不只路边，庄稼地的空隙处、垄沟边，所有闲置的沟沟坎坎间，都被毛毛草填满了，就像冬天的雪一样，落一场大雪之后，整个田野一片白茫茫。盛夏时节的乡村野外，其实也是茫茫一片，只不过白色换成了绿色，所有的沟沟坎坎都绿油油的，整齐划一。

　　如果哪个大人心思柔软，又心灵手巧的话，在干活累了休息的间隙，就会采一把毛毛草，编一个小兔子给孩子玩。这个手艺太招惹人了，没一会儿，附近的孩子就都聚拢而来，手里各攥一把毛毛草，目光中满是期待和崇拜。毛毛草编的小兔子，活灵活现。编兔子要选比较粗壮的毛毛草，结实，采的时候，选一根粗壮的从草的颈部拔出，便是一根完整的毛毛了。儿时的我尝试过很多次用毛毛草编小兔子，一直没有成功，我的动手能力实在是太差了，倒是浪费了许多草。

　　毛毛草在夏天最盛，在秋天最美，若秋水边没有芦苇的话，毛毛草就是绝对的主角。

　　秋天的萧瑟中，风又急又冷，水波涌动，毛毛草独自在摇曳，给深秋增添一层寥落之美。尤其水边，夕岚中随手一拍，草间有落日，漫天余晖，秋水荡漾，画笔难描。

　　我有一个细长的白瓷鹅颈瓶，瓶口细小，插鲜花只能插三两枝，换了多种鲜花都觉得不相配。有一天散步走到一片荒园子里，发现在很久没人打理的甬路边，郁郁葱葱

秋天的萧瑟中，风又急又冷，水波涌动，毛毛草独自在摇曳，给深秋增添一层寥落之美。尤其水边，夕岚中随手一拍，草间有落日，漫天余晖，秋水荡漾，画笔难描。

长了很多毛毛草。每一株都在迎接朝露晨曦，每一片叶子上都滚动着露珠。我很久没看见过这么苗壮的毛毛草了，一时触动了儿时的记忆，于是就拔了一把回来，插在鹅颈瓶里，放在画案上，竟然十分和谐有野趣。白瓷瓶，碧绿的毛毛草，放在桌上，这个感觉一下子就对了。好像这瓶子已经存在了许久，只为等待一把毛毛草。

毛毛草很皮实，瓶子里也不用放水，插几天蔫了，再去拔新的就是。

每次拔毛毛草，都要走到那片荒园去，近处没有。小区花坛里偶尔冒出几棵，还没长大，那毛毛还如幼儿一般嫩就被勤快的园丁给拔掉了。园丁是一个敬业勤快的老人，每天都在收拾花坛。他只留花儿，其余的杂草一概不要，花坛里干干净净的，却也有些无趣。

这大概是城市中能见到的最卑微的草了，它们却不管不顾，只要有一小块闲置的土地，就迅速扎根生长，摇曳生姿。

麦秸秆戒指

　　麦子一身都是农家的宝贝。麦穗可以碾成小麦，磨成面粉，是人们赖以生存的口粮。麦秆垛成垛，是一年主要的柴火，我们也叫麦秸。麦收之后，家家户户都垛一大垛麦秸。麦秸垛是圆形的，像小山包，顶上用加了碎麦秸的泥压平抹实，等这泥顶晒干后，就不怕雨淋了，否则雨天麦秸淋湿了，就没柴烧。

　　我们时常到麦秸垛上坐着，看着天空发呆。

　　做饭的时候，背着筐子到院外的麦

秸垛去扯柴火，扯满一筐背回去。这活儿通常都是小孩干，躲在麦秸垛下面，一把一把向外扯麦秸。有时候很好扯，很快就满了一筐；有时候很费力，一小把一小把，很久都扯不满筐，一直等到做饭的大人隔着墙来骂。如果有意识，只在一处扯，长久之下，这个地方就会形成一个私密角落，像一个小小的屋檐，玩捉迷藏的时候可以躲进去。

　　但是这个角落很快就会被大人发现，摧毁，他们摧毁的方式就是在小小"屋檐"的周围扯麦秸，将一个表面都扯平。也不是大人非要给小孩的小心思搞破坏，我们这样扯的话，很容易让整垛麦秸失重，造成坍塌。

　　捉迷藏的时候，实在没处躲的话，也会灵机一动，将谁家的麦秸垛扯一些出来，扯出一个洞，然后钻进去藏好，用虚浮的麦秸把"洞口"隐藏起来。这个地方太隐蔽了，别的小孩很难找到，我在麦秸垛里都快睡着了。这样的胜利慢慢就变得无趣，只好自己出来。下次，别的小孩也学会去麦秸垛里藏，那也就不再神秘了。但是如果不幸被大人发现，则会被骂一顿。

　　麦收季节，要先打麦子，垛麦秸是次要活儿，所以家家户户的麦秸都草草堆在门口，像小山一样。我们爬上去，滚下来，再爬上去，像玩滑梯。麦秸软软的、细细的，躺在上面很舒服，滑下来也摔不疼。

有一天夜里，大家都在打麦子，我们躺在高高的麦秸垛上玩儿，突然身下一滑，我随着一大坨麦秸掉进了猪圈里。幸好那猪圈是刚刚盖好的，还没有养猪，随我一起滑塌下来的有一大片麦秸。我躺在麦秸里，眩晕了一会儿，望着漫天星空发呆，一瞬间竟然忘记自己在哪里。麦秸很友好，虽然有棱角，却软软的，不会伤人，它们很好地托住了我，让我跌下来并没有受伤。

刚刚成熟时的麦秆金黄金黄的，还有淡淡的小麦香。我们坐在麦垛上，挑一堆完整的麦秆，一节节截好，从中间摁瘪，用大拇指指甲一划，就劈开了，就成了两片麦秸片。麦秸有那种金黄金黄的，像金，也有偏白色的，像银。我们女孩子最擅长编戒指，编耳环，如果时间充裕，还会编很多的圆圈串起来，做项链。萌生爱美心态的小女生们，在麦熟之后的那些天里，每个人身上都挂满了麦秸秆做的首饰，招摇过街。

新麦秆柔韧性极好，麦收的那段时间，是女孩们最富有的日子。大家都争分夺秒，利用几乎所有空闲的时间去寻找韧性最好、颜色最正的麦秸。如果有耐心，可以编许多戒指套在一起，形成独特的项链；如果没有，也可以编那种简单的项圈。

我最喜欢编戒指，各种花色都编一个。奢侈的时候，十根手指都戴满，伸开手，金闪闪的。一边编，一边幻想，遥远的未来，等我们长大了，是不是就会自然拥有真正的戒指、项链，再也不用麦秸来编了？

长大后，发现这些东西并不会随着岁月叠加到一定程度就有人给分配，便觉得还是拥有无数麦秸戒指时的快乐最简单、最纯粹。

只有新麦秆才有这个韧性，由着我们玩。等麦秸承受了半年的风雨之后，就会变黑，柔韧性消失，成了真正的柴火。

麦秸还有一个玩法——吹泡泡。找一个小碗，放点洗衣粉和水，麦秆伸进去猛吹，"咕噜噜，咕噜噜"，一串串泡泡在阳光下飞舞，每一个泡泡里面都藏着一个彩虹。

新的麦秸能编很多实用的东西，如果大人有时间，会用麦秆编坐垫，垫在椅子上，冬天就不会冰凉；他们也会编草帽，这样夏天干农活的时候就不用去买草帽了；编成扇子，在夏夜乘凉的时候驱赶蚊虫……

这些生活用品对我们小孩来说是没有用的，我们只钟情于编戒指，这种对大人来说无用的玩意儿。可见有用无用，是年龄和心态决定的，并不是事物本身决定的。

芦苇翩翩

　　芦苇不仅可以作为观赏植物，还一身都是宝，苇叶可以包粽子。每到五月，闲来无事的主妇开始采苇叶，采回来洗干净，等端午节包粽子，自带一股清香。没有苇叶的粽子根本没有灵魂，所以在我的家乡芦苇叶干脆就叫粽子叶。

　　芦苇一般都长在水边，北方平原地区少河，但是有很多池塘。池塘形成的原因也很简单，盖房子需要用土，也不能随便挖，村委会指定一个地方，大家就都到那里去挖。久而久之，就形成了

芦苇花是诗人的最爱，
一丛丛芦苇摇曳在野水边，天生跟爱情有关系。

一个大坑，下了雨之后，水灌进来，很久不干，慢慢就成了池塘。池塘的水是死水，不干净，小孩夏天喜欢游泳，也很少到池塘去。池塘常年漂浮着一层绿色的苔藓，那是鸭子、大白鹅喜欢的去处，它们成日里在池塘里撒欢儿。

池塘形成几年后，沿着池塘周围长起了纵深无底、杂乱无章的草。再过一些年，芦苇也慢慢出现了。芦苇丛里面经常藏着蛇虫，小孩都不会轻易去芦苇丛里玩。

到了五月，芦苇叶子长好了，大人们挎着小篮子去采摘苇叶，挑大片的叶子一劈而下，回来包粽子。摘苇叶的时机很重要，去得太早了，苇叶还没有长大；去的太晚了，好的叶子都被别人摘走了，要恰恰好的时机才能寻到最好的苇叶。苇叶碧绿修长，边缘也锋利，不小心划上去，就是一道血口子，火辣辣的疼，最好戴着手套去摘。

白洋淀的芦苇荡无边无际，水婉约，芦苇飘逸，深不见底的芦苇荡神秘又幽深，如入苍茫，它们干脆就长在水里，小船一入芦苇荡，神仙也找不着。

芦苇是美的，诗意一般的存在，但在小孩眼里，芦苇最大的功用就是生产粽子叶，因为粽子好吃。

芦苇的次要功能则是编席子，曾经有土炕的时候，家家炕上都铺着席子，这席子就是用苇子编成的，我们叫炕席。有人专门编炕席卖，新炕席呈淡淡的黄色，散发着植物的清香，编织精巧绵密。土炕是连着灶的，冬天做饭的时候顺带就将炕烧热了，一夜都不会凉，取暖效果非常好。炕席每天都要承受土炕的热度，慢慢就沧桑了起来，不复最初时淡淡的黄色，变成了明黄。人们每天都在炕席上活动，炕席也很快就被磨去了植物的鲜香气，被烟火熏染之后，有些柴木的味道，表面越来越光滑。过年那几天，家家都要做年糕、蒸馒头、烧水大洗……灶间整日都不停火，土炕热烘烘的，把整间屋子都烘热了。最接近灶间的那部分炕席就很容易被烤煳，甚至还会烧着……炕席煳一大块实在不好看，于是第二年家里就需要苇子了。苇子砍回来，放在水里泡软，捞出来劈下外皮，横一条竖一条，经纬有度，横竖制约，编一领新的炕席用。

芦苇花是诗人的最爱，一丛丛芦苇摇曳在水边，天生跟爱情有关系。

《诗经》中最耳熟能详的一首诗："蒹葭苍苍，白露为霜，所谓伊人，在水一方。"

水与芦苇，互相依存，有芦苇处必然有水，有野水处，也多有芦苇的身影。

蒹葭就是芦苇，可见芦苇在古代就被人所关注。秋水长天时，水波如鳞，西风漫漫，是芦苇最美的时候。芦苇晚风起，秋江鳞甲生。这份野性之美，飘逸之姿，苍凉之态，迷倒了一代又一代的文人骚客。

在这样的时刻，所爱的姑娘出现在水边，醉了夕阳，令人心动神往。

小时候不懂翩翩之美，岁月折损，渐渐明晰那份悠然之意，却再也回不去年少时光了。

金雀花

我们老家把金雀花叫蔫巴角，因为金雀花是角状。金雀花开花的样子有点像槐花，一个小角，花瓣环抱，微露一点容颜，金黄俏丽。

跟奶奶住的时候，是在山里，整个冬天嘴巴都很寡淡，没有什么可吃的东西。

熬着啊，盼着啊，春天一到，念想就来了。花开了，就有的吃了，尤其是金雀花，清甜绵软，非常好吃。

天气好了，人的心情也好，办喜事的人家就格外多，无论多远房的亲戚，也愿意请来欢聚一堂。

我奶奶去参加婚礼一定会带着我。此时，已经脱下笨重的棉衣，走路轻快，因为远方有美食等待，多远的路也不嫌累。

奶奶手臂下夹着一块布料，那是送给新人的礼物。她疾步如风，走慢了怕赶不到。山里地方太大了，户与户的距离可真远。我紧紧跟在后面，不敢马虎，这些路大部分都是荒无人烟的野外，我要是走丢了，就真的丢了。

因为赶路和紧张再花红柳绿还是会无聊，于是走一阵儿就无趣了，无趣就显得累。忽然，眼前的小山坡上出现了一棵金雀树，挤挤挨挨开了一树金灿灿的花。我一下子就疯了，跑到树下，拉下一根矮树枝，一朵朵摘花吃。金雀的树矮矮的，枝条还有小刺，但是花真好看，金黄色，明亮耀眼。花瓣像一只欲飞的鸟，所以叫金雀。这些小小的花朵一串串长在枝条上，吃到嘴里清甜清甜的，还有一丝香气。

我一手拉着一根枝子，一手飞速摘了花朵塞进嘴巴里，一时塞了满嘴。奶奶只得停下等着我。太好吃了，于是我宣布不走了，我要把这棵树上的花吃完，让奶奶先去吃席，等她下午回来再到这里接上我就行！

这下轮到奶奶急了，这么大一棵树，在这吃一天也吃

花是装点世界的精灵，是用来欣赏的，但是在大山里，花只有两种用途，一种用来吃，一种用来授粉孕育果实，没有人专门观赏。

不完。眼看着就晌午了，奶奶先是诱惑我："别吃了，再吃就吃饱了，我们还要去吃白米饭、炖豆腐（我从小就爱吃豆腐）……"我说："不吃。"跟眼前的美味相比，遥远的宴席太虚幻了。奶奶没有办法，只好打我，我就围着树跑，她也追不上。最后她急中生智，劈下两个大树枝，让我一边走一边吃。我想了一下，这样既不挨打，也能吃花，还能吃席，就答应跟着走了。

于是奶奶在前面扛着巨大的开满了金雀花的枝子，我跟在后面一路摘着吃，一老一少总算赶上了开席。进了人家院门还扛着一根树枝子，另一枝已经吃完了，人们呼啦一下给我们闪开一条路，还以为奶奶带着工具是去闹事呢。

二十多年后，我有一次做梦，居然梦到了这条路，这个山坡，这棵金雀。我像小时候那样吃着，吃着吃着一转眼天就黑了，奶奶和树都不见了。前后也没有人烟，我瞬间被黑暗吞没，吓得不行，特别无助又迷茫。醒来，惆怅满怀。

暖阳洋溢之后，躲在山坡上的金雀花就快开了。金雀花太美味了，家近处的树上根本都剩不下花，所以我偶尔遇到一棵金雀花就像遇到了宝藏。

金雀花直接吃很好吃，也可以做成菜。用水焯一遍，沥干加糖、醋、香油等调料拌一下，滋味清爽，入口鲜美。也可以晒成干花当茶叶，扔几朵在水里，一样香甜香甜的，滋味堪比槐花。

花是装点世界的精灵，是用来欣赏的，但是在大山里，花只有两种用途，一种用来吃，另一种是孕育果实，没有人专门观赏。花太普遍了，也太多了，人们也没那么多诗情画意，都活得比较质朴、粗糙，没空看花。

花之露

有一年村子里流行红眼病，很多人都被传染了，红着眼睛来去。我不知道怎么也被传染了，大家也没有怎么治，最多买一瓶眼药水滴一滴，眼睛红几天、疼几天就好，没有严重病例。

某天早上，我感觉到眼睛涩涩干疼的时候，一照镜子，发现眼睛里红红的，就晓得被传染了。我妈给了我一块新手绢擦眼睛，叮嘱我不要用手去碰，又去诊所买了一瓶眼药水，一日滴三次。滴了好几天了，也不见好，眼睛依然有点红，也有点疼，我心情郁闷。

　　我妈就让我每天早上用打碗碗花上的露水洗一洗，露水是天地精华，用来洗眼睛，一般的眼病就洗好了。就算洗不好，也洗不坏啊。露水是多么纯净的水，古代的皇帝还专门采集百花上的露水煮茶喝呢。

　　我很听我妈的话，觉得有道理，就决定用露水洗几天眼睛。

　　中秋前后，早上天刚蒙蒙亮，太阳还没有爬上天空，露水正是恣意丰沛的时候。我早早起床，独自走到村子外面的一片野地里，这是我第一次这么早起一个人来野外。晨曦中，薄雾朦胧，空气沁凉。每一朵野花都含着露水，像含着泪水的美人。每一片叶子上也都垂坠着露珠，露水将一切都清洗了一遍，花和叶，都干净清透得很，温润得很。四野安静，露珠清凉，无人打扰。

　　打碗碗花生长在田间地头，多攀附在大树或者一些藤条上，有的无处攀爬，干脆就匍匐在地，一样开花。我很快找到一丛粉色的打碗碗花，蹲下来，伸出一只手呈半握状，摇一摇花朵，花心的一点清露就落进了手心里。摇七八朵花之后，手心已经积攒了不少露水，我便覆在眼睛上一下下清洗，只觉得一阵阵沁凉，凉到心底。如此反复四五次，抬起头，将眼睛擦干。不知道是因为晨露清洗了眼睛，还是太阳开始冒头，只觉得明亮异常，整个天地都通透了许多。

回去的时候，天已经大亮，露水很快就消失了。

这样早起用打碗碗花的露水洗了三五天，眼睛还真的好了。眼睛里的红丝消失了，也不疼了，我开心极了。

那片打碗碗花离家并不远，就在出村的小路边，有一小块闲地，长满了野草和野花。我每天来来回回路过，都会看到它们。早晨和傍晚，因为露水的洗礼花朵显得格外鲜灵和洁净饱满，如水灵鲜润的少女；中午的时候，车马人都会频繁经过，尘土乱飞，它们的花瓣上也覆了一层尘，灰突突的，像被生活重压的中年妇人。

打碗碗花跟牵牛花长得很像，但又不是一种花。牵牛花花瓣厚实，像一个个小喇叭，颜色也饱满淋漓；打碗碗花花朵单薄细弱一些，花朵也小，颜色单一，多数是浅粉色的。打碗碗花像身材纤薄的小姑娘，而牵牛花像强壮的少年。

老人总不让我们玩打碗碗花，说是摘了这种花之后，回家会打碎饭碗的。这种说法实在太诱人了。有一次，我特意摘了一些打碗碗花玩。晚上吃完饭还抢着刷碗，神奇的是根本没有摔碗。乡下的孩子，大多都曾做过这个尝试，看看玩了打碗碗花是否真的会摔碗。

打碗碗花的露水清凉干净，地黄的露水甘甜美味。
花之露，与水不同，是平淡人间的美好。

打碗碗花的名字大概源于它花朵的形状，它的花朵更像一个小碗，花心浅浅的，正好捧一碗露水，十分娇俏伶俐。

用打碗碗花的露水洗过眼睛之后，我觉得我与打碗碗花之间建立了某种神秘的联系，我很少再去摘花玩了，更多时候充当了它的保护者。有一次，小玲想摘一朵别在头发上的时候，我阻止她说："这个也不算很好看，我们不如去找点甜花吃吧，我都渴了。"

甜花很有吸引力，我们所说的甜花是地黄花。

地黄花温润甜美，每天放学后，我们都会在割草的间隙寻找它们。地黄花的花朵修长，像一个小铃铛，紫色，成串开，有个长长的筒，也像小喇叭。摘下一朵花，花蒂剥开，向嘴里一倒一嘬，就会有一滴甜甜的露水落进嘴里，如琼浆玉液。只是量太少了，只是将口腔滋润一下，似乎并没有咽，这点琼浆就没有了。

地黄花并不像打碗碗花那么多，需要寻找。地黄花也不大，我们扒开草丛，越过一切阻碍物，去寻找一株株地黄花，抢着喝那一点儿清甜之露。

打碗碗花的露水清凉干净，地黄花的露水甘甜美味。花之露，与水不同，是平淡人间的美好。

　　野菜吃或不吃，对生活没有太多影响。野菜有多美味呢？好像也没有超越菜园子里的那些菜。可是一到季节，人们就要去挖野菜，满怀着喜悦和感动。一路乐呵呵的，脚步轻快，仿佛富有四海，马上要去巡视封地。

　　挖野菜其实是对春天的一种尊重。如果春天来了，你什么都不做，好像不欢迎春天到来一样。所以总要表现一下，热情一些，让春天也高兴高兴。

　　开春不久，就可以去野外找苦麻挖

回来吃。苦麻长得不高，开小黄花，花瓣细小，叶子锯齿形，根部有一小节是白色的，很好认。新鲜的苦麻，水灵灵的绿色叶子，露一截脆生生白色的根，放在柳条编的小筐箩里沥水，碧绿清爽，特别好看，吃饭时端上桌，盛一碗酱，苦麻蘸酱吃，鲜得很。

　　青麻菜比苦麻受欢迎得多，青麻菜也苦，但是能接受。青麻菜比苦麻小一些，灰绿，梗发紫。苦麻和蒲公英很像，都是锯齿叶，开小黄花，但是蒲公英不好吃，可以采回来晒干泡水喝。

　　每到春暖花开时节，周日午后我们就拎着小筐，带个小铲子出门挖青麻菜，一路奔跑跳跃。因为刚脱了笨重的棉袄、棉裤，一身单衣，脱离束缚与寒冷，整个灵魂都好像活过来了。

　　苦麻和青麻菜都需要挖，用小小的生铁三角铲挖。春天的泥土已经很松软，但是青麻菜是贴地生长，用手拔的话会一下子就把根拔断。没有根的维系，这一棵菜就成了一把散叶子，所以需要用铲子挖，把根一起挖出来，抖一抖土，放进小篮子。

　　这个活儿让人愉快。土地解冻之后，温度开始上升，土地不冷也不硬，阳光温柔垂落，天地都是温柔的。青麻菜长得并不集中，它们混杂在各种杂草中。我们一边找，一边玩儿，不到太阳落山就能挖满一小筐。这个时候的青麻菜是最嫩的，等它们开了花，长了纤维，就不吃了，因为不再鲜嫩，口感不好。

吃的时候和苦麻差不多，也是蘸酱，鲜味十足，苦也苦得酣畅清脆、恣意。

青麻菜的味道都不记得了，但是总记得那样的时光。窗户因为贴了窗缝，一冬天都没有打开过，此时，窗缝被撕掉了，窗户大开，能感觉到空气中流淌着喜悦。如果是中午，窗外的白菜花开了，有蜜蜂和蝴蝶飞来飞去。因为开了窗，到处都是亮堂堂的，空气也有了韵律，一波一波的，流进来又流出去。

我妈烙了香喷喷的饼，我把青麻菜放在井边清洗干净，并浸泡半小时。泡完洗好，捞出来控水。经过了清洗和浸泡的青麻菜，水灵灵的。准备一碗酱，一棵棵蘸酱吃。青麻菜的味道微微有些苦，但是胜在鲜嫩。咬一口，汁液和春光一起迸射进口腔，你完全控制不住这份野性与清苦，它自顾自落入你的胃。当然还有别的菜，吃青麻菜吃个新鲜，吃几根孩子们就去吃别的菜了。

大多数人不喜欢苦，吃青麻菜，一方面，是为了享受春光，享受大地的恩赐；另一方面，是因为青麻菜对身体的诸多好处，它可以促进小孩骨骼发育，所以总要哄着孩子多吃一些。

闷了一个冬天了，桌上一盘青碧的青麻菜，像一个引子，把真正的春天引出来了。过了青麻菜季，太阳就有点热烈了。

入了伏，蚂蚱菜长好了。

蚂蚱菜长得好看，叶片肥厚，如玉。它们喜欢抱团生长，生命力超级顽强，开米粒一样的小黄花，非常低调。蚂蚱菜长在田间地头，一长就是一大片，在地上铺展开来。它们不长高，只有几厘米，匍匐着延伸开去，将一大片地都占领了。蚂蚱菜叶子圆润可爱，是一种温润的绿，厚厚的，像多肉植物，茎微紫。因为叶片厚而圆润，具有盈盈之美。蚂蚱菜也需要在嫩的时候摘，老了就发柴。发现了之后不用动地方，拔三两棵回来就够吃一顿。

蚂蚱菜特别耐旱，它们叶片肥厚，可以贮存足量的水分，旱涝无惧。土坡、田间地头，甚至是杂草丛，对它们来说生长都没有问题，它们会将根深深扎向土地，汲取养分，并贡献出营养价值。

很多地方把蚂蚱菜称为长寿菜，因为它的营养价值很高，是有百利无一害的野菜。

蚂蚱菜最常吃的方式就是凉拌，把蚂蚱菜拔回来洗净、焯水，焯水时放一点点盐，捞出来立即过凉水，可保持其

挖野菜其实是对春天的一种尊重。如果春天来了，你什么都不做，好像不欢迎春天一样。所以总要表现一下，热情一些，让春天也高兴高兴。

翠绿。控干水分切碎收盘，放白醋、生抽、糖、盐、辣椒粉、白芝麻、蒜末……根据自己的口味调一个凉拌汁搅拌，口感也好，有点绵软。蚂蚱菜本身没有什么味道，很温柔，所以它有多种搭配方式，你搭配什么，它就是什么味道。这道凉拌菜，去火消炎，清爽怡人。六月天的傍晚，大树底下支张桌子，太阳落下去了，热气收敛了许多，清风徐来，一盘凉拌蚂蚱菜，配大饼或馒头，一碗玉米粥，最相宜。

如果不嫌麻烦，多采一点蚂蚱菜回来，洗净焯水剁碎，和肉末做成饺子馅，肉与野菜互相渗透，互相中和，滋味绵长。

　　小时候，我妈从地里干活回来，经常会抱回一堆蚂蚱菜。大概是这些家伙长在了庄稼地里，我妈干活的时候顺手就给扯回来了。那时候也没有冰箱，拿回来的菜需要马上吃，于是洗净，切点葱花、蒜瓣、辣椒炒一炒。如果嫌滋味寡淡，就切几片五花肉进去，滋味就绵厚了。也可以洗净切碎和进白面团里，烙饼吃。

　　后来去过一些地方，我才发现，在很多城市，蚂蚱菜是要进菜市场的，人家拿它当蔬菜。在南方，蚂蚱菜的名字叫马齿苋，竟然是餐桌上的寻常蔬菜。

　　盛夏的时候，还有猪毛菜吃。

　　猪毛菜，名字不好听，但是好看。小叶子尖细的，叶片如丝，非常纤细清秀，婀娜，绿油油的，因为长得像猪毛才得了这么个名字。将猪毛菜烫一下，和在玉米面中，揉成面团，放一点盐，做玉米团子或者玉米饼。猪毛菜的最佳搭档，就是玉米面。玉米面金黄，猪毛菜碧绿，二者融合一体，颜值高，又特别好吃，吃过一次就会念念不忘。猪毛菜也要在嫩的时候采，等它长老了，就不好吃了。

　　猪毛菜长在路边，早起的时候，沿着僻静的小路找，会发现路边的杂草丛里不时点缀着猪毛菜。猪毛菜特别好找，因为它的叶子太有特点了，每一片都是绿色的小尖尖，比菖蒲的叶子还细。如果养一盆猪毛菜放在阳台上，野趣与草木灵秀，一定能让整个阳台灵动起来。

野菜主要是一个野字。野菜生命力顽强，不用施肥浇水，不用照管看护，也能长得茁壮，不依赖，不娇弱，每一株，都有独特的个性，也有独特的味道和营养。

人总是有分别心，菜与野菜，都能果腹，又有什么真正的分别呢？

注：蚂蚱菜，学名马齿苋，别名五行草、长命菜、瓜子菜、麻绳菜等。

长大：慢时光

儿时，时光在这头，我在那头，

追上了时光，我们就长大了

自行车趣事

　　小时候，自行车是乡下主要的交通工具，我们对去镇上上学可以自己骑车的大孩子们是相当羡慕的。因为自行车代表着速度和成熟，是脱离小屁孩的标志。我们还小，没有专门的自行车，但是又很渴望，于是玩的时候总是找一个木棍"制造"一辆自行车玩。在木棍一头拴两个小棍当车把，一手抓一个车把，骑在木棍上，上坡下坡跑得飞快，还比赛——看谁"骑"得稳，"骑"得快，美其名曰：骑自行车比赛。

　　小孩对骑自行车充满了向往，无奈那时候的自行车都是二八车，大而笨重，快和小孩一般高了，太难驾驭。我们也有办法，够不到车座了就直接掏小梁骑。有的男孩掏小梁，斜着身体和腿，像一个三角形，屁股一扭一扭的，双腿飞速转动如陀螺，相当熟练。等大一点儿，就骑在横梁上。骑横梁相对轻松一点，但是千万小心别过沟沟坎坎的，因为一颠，容易磕到屁股，万一磕到，那滋味很酸爽。

　　我们家只有一辆自行车，平时都是我爸骑，车子没有空闲的时候，导致我没时间练习。好容易自行车闲下来我推出去骑一下小梁，也总是歪歪扭扭的，不顺畅。连骑小梁都骑不好，更别说横梁了。

　　十岁多一点儿，我想正式学自行车了。于是申请自行车的使用权，我们家有一辆飞鸽自行车，有不少年头了，车子已经很旧了，但一直在为家庭出力。我妈也不会骑，于是我鼓动她一起去学。学自行车需要有人帮忙，帮忙在后面扶住，等你平安上去试探着骑走的时候，后面的人可以保证车子不倒。蹬几圈，后面的人就可以撒手了。可是我胆子小，我妈一撒手我就慌，还会忘了怎么跳下来，心一慌肯定会失去平衡，摔一跤在所难免。

　　如果是我妹跟我去学自行车，她扶着后面，我蹬上车子，她就偷偷撒手了，我只顾往前骑，她还在后面撒谎：

"我扶着呢，你放心骑吧。"结果一失衡，"哐啷"倒地，她在远处笑。

我就爱跟我妈一起去学，我们推着车子到村外，找大路宽阔，没有沟壑的地方练。

我妈年轻的时候生活在山里，山里路难行，自行车更是寸步难行，她就没学。到了平原上，到处都是平坦的大路，赶集、走亲戚如果不会骑自行车就只能走路，会显得很傻，又慢，学骑自行车迫在眉睫。

过完年，天气暖和之后，我和我妈互相扶着，我刚上去骑两圈竟然会了。早春的风拂过脸庞，高处真爽。然后脑子突然短路，手脚不协调，我不会下车！最后只能直冲进麦地，连人带车摔在小麦上。

麦子是秋天种上的，打完冻水以后，麦子们就开始冬眠了。冬天的麦地软乎乎的，摔不坏，我在地上趴一会儿，起来继续学，很顽强。

掌握平衡以后，骑自行车是很容易的。虽然属于初学乍练，但好歹会上车、下车，能骑走了。于是，我就斗胆骑车带我弟弟。那时，有个铁的小座子是绑在自行车横梁上的，专门带婴幼儿，很安全。小座属于全包围结构，护住腰部，腿和上身自由。

我弟弟那时还小，除了吃手和傻笑什么都不会，他见把他放在自行车上，就笑了，以为终于可以出去玩了。我推着车，助跑，如燕子三点水一样，借着脚镫子上的铁拐轻盈跳上车子。风在耳边吹，车在行走，我们俩都笑着。突然出现一个拐弯，我慌了，忘记前面绑了一个铁家伙，上面还坐了一个小孩，拐弯中车把扭得太猛了，于是，我跟弟弟还有自行车轰然倒地，他蒙了一下，开始号啕大哭……

　　后来我妹开始学自行车，带着我弟出去的时候，也常犯这个错误。横梁上绑一个小孩座位，拐弯的话需要循序渐进，不能拐死弯，这是一项需要在长久的实践中才能掌握的技术。我们都迫不及待开始实践，毫无经验，摔来摔去，终于掌握了技巧，骑顺畅了。

　　跟我弟比起来，小丽更惨。有一次，她爸带着她去赶集，她跨坐在后座上，这是小孩最稳定的坐处了。她爸遇到个熟人下车聊了几句，把她忘了，从后面迈腿上车，一脚把她踢下来，滚落一边。让男人从前面横梁那里上车，太娘了，他们不接受。女人和小孩才这么上自行车，男人都从后边迈，小孩经常被粗心的爸爸一脚踹下去。后来，小孩也有了应对之策——绝不先上车，等大人骑上去了，助跑、轻跳，稳稳坐在后座上。这样上车的好处是不会挨踢了，坏处是有时候动作慢，跳了好久跳不上去，像猴子一样跟在自行车后面上蹿下跳。

我小舅年轻的时候，骑自行车唯一的缺点就是快。似乎所有年轻人都是这个样子，他们很想跑在世界前面，所以干什么都要快。

我姥姥喜欢赶集，几乎逢集必到，她不会骑自行车，总是走着去。路上遇到认识的人，往往会带她一程。有一次，我小舅不上学，就带着她去。年轻人把自行车骑得风驰电掣一般，又潇洒又轻盈。我姥姥终于有了个好司机，心情很好，买了很多东西。回程的时候，买的东西都挂在车把上，我姥姥仍旧坐在后座上。我小舅继续风驰电掣，一路玉树临风地回了家，小心翼翼双脚支地停下。等了半天没见我姥姥下车，回头一看，吓得魂飞魄散，哪里有我姥姥的影子。我小舅吓出一头汗，骑上车返回去寻找，在半路上，遇到我姥姥气呼呼往回走。我姥姥什么时候掉下去的，他完全不知道，实在是骑得太快了。因为这事，我小舅挨了好一顿骂，不是，是挨了好几年骂。

方宝以及卡片

　　去饭店吃饭，等餐的时间，我经常顺手就把餐巾纸折成了方宝。这源于小时候的记忆，有块纸就叠方宝。对小孩来说，谁的方宝多谁就是人生赢家，我叠得太熟练了，形成了条件反射。

　　小时候纸是挺缺乏的，没有专门的折叠纸，也没人给买。玩儿的东西还想花钱？我的办法是存旧报纸。我爸做火腿卖到北京一些饭馆，人家都会订各种报纸，报纸看完了就没用了，我爸就要来垫筐子。

　　这些报纸都是我的宝贝，我爸一回来，我马上扑过去检查筐子里有没有报纸。那些报纸副刊有很多好文章，我逐字读过，实在喜欢的就剪下来贴在墙壁上，随时可以看。我觉得新闻等版面无趣得很，就用来叠方宝。报纸上的油渍污渍，完全不影响它对我的诱惑力。

　　我表哥没有报纸，他经常偷偷撕作业本，一页页都折成方宝去跟人玩。有一次，他居然把课本撕了。他撕了几页课本把剩下的就直接塞到了炕席底下，一转头见我看见了，就警告我不许告诉别人。我当时还小，只有五六岁，只是惊呆了，并不知道为什么要告诉别人，他真是多虑了。

　　方宝的玩法很简单，你用你的去砸别人的，如果把对方的砸翻了，你就赢，地上的方宝就归你了；如果你砸不翻，那你的方宝就留在地上，由对方砸，谁砸翻了地上的方宝就归谁。我表哥大概是输没了，所以才不得已把课本也撕了。

　　我弟弟长大一点的时候，方宝已经升级了，不再自己动手叠，但是玩法和方宝一样。他们用卡片玩，方便面里面可以集卡片，也可以买。卡片都贴在一张大的硬纸板上，有钱可以买一版，钱少可以一张一张买。没有零花钱的孩子，就只能靠自己的本事去赢卡片了。那些年，手里没有卡片的小孩会遭到鄙视，所以那时候卡片数量是男孩身份的象征。

　　他们下课玩，放学玩，一圈男孩子围在一起，几个脑袋凑在一起，"啪啪"有声。我看过我弟的卡片，他宝贝似的收在一个盒子里，那些卡片都有不同的画，也有故事，还挺好看的。

　　有一次，我跟我弟弟闹着玩，他忽然站起来打我一巴掌，不偏不倚打在我脸上了。我气得不知所措，他吓得把头扎在被子里不出来。我觉得我的权威遭到了挑战，可又舍不得打他，就冷战不搭理他。

　　我弟弟小时候很黏我，每天放学都跟我唠唠叨叨学校里的事，我也陪着他玩，给他讲故事，他看电视还要靠在我怀里。发生了这件事，我突然不理他了，对他全程冷脸，换到他不知所措了。有时候他想凑过来玩儿，我起来就走；我讲故事，他趴过来听，我就不讲了。我弟六七岁，对这种情况有点应付不来，他每天都尝试各种办法靠近我。我崩住不理他，要让他记住此次错误的行为。

　　大概过了三天，他放学回来忽然一溜烟跑到我面前，将手里的一叠卡片递给我，怯生生地说："大姐，给你吧。"然后转身飞奔，跑走了。是怕我把卡片还给他，还是害羞了，不清楚。

　　我拿着他给我的一叠卡片翻，心酸了，觉得自己很过分。我无意中说过一句，他玩的那些卡片上的某些图画很好看，他就把自己视若珍宝的卡片都送给了我。

据说，他那几天到处跟人挑战，都快把同学赢哭了，才把我喜欢的那些种类都赢回来。卡片可是小男孩们的宝贝啊，我肯定不会要。我把卡片都还给他了，也原谅了他。

小孩果然有小孩的办法。

我只有对弟弟才这么没办法，跟妹妹打架从不这么矜持。有一次，我俩在餐桌上言语不和，突然就翻脸了。当时，一人手里端着一碗面条，她把面条泼到我的脸上，我马上回击，也把面条泼到了她的脸上。我们俩一人挂着一身面条，还恶语相向。还有一次，我把我妹脚打出血了，我爸拎着家伙追了我一条街，还好他跑不过我。

代课老师

我对第一位老师有一种特殊的感情，又怕又爱的那种。

他姓刘，在我们村这是个大姓，十家有八家都姓刘。

他是我人生中的第一位老师，对我影响很大。教书那年他才十九岁，穿着白衬衣，瘦瘦的，是村里高考落榜的学生，据说只差几分。那时候，大学还没有扩招，分数还是一刀切的。村子里教育条件差，很少出大学生，高中毕业的年轻人都很少。考大学落榜的就是最有文化的人，村子里都会想方设法请来做代课老师。

刘老师腿有一点小儿麻痹后遗症，走路很慢，但是他怀着一腔热情。老师很有自己的想法，他是第一次做老师，我们是第一次做学生，似乎双方都在努力寻求一种新的方式，不想沿袭前辈们的经验。

面对我们，他总有创新。有一次暮春，他带着我们去看看田野，看看草怎么长，水解冻之后怎么流。我们如一群出笼的小鸟，在田野里奔跑欢呼，拉着手跃过草丛，欢笑声响彻云霄。他像老母鸡一样张开双臂保护着这群散落在草地上的小鸡们，一会儿招呼这个别掉进水里了，一会儿去拉那个别跑远了，一直玩到傍晚才回来。那天我们认识了很多种草，看到了载着浮冰流淌的小河，笑痛了腮帮子。

那应该是上学之后，最快乐的一天。

那次回去之后刘老师被校长骂了，这样的教学方式在学校的历史上就没有过。去野地里能学到什么呢？去野地里撒欢，哪个淘气的出点事怎么办，谁负责？这是年轻老师想不到的。刘老师有一腔诗意的心怀，他想把这个传递给我们，但校长是个老古板，五六十岁了，奉行的教育准则就是孩子就听话。

从那之后，刘老师再也没有带我们出去过。在教室里学习他也会脱离课本，教了我们一些诗词。我听不懂，念来却如饮甘霖，隐隐觉得美，觉得好。他教我们《示儿》把作者陆游说成了王安石，我死死记住这是王安石的诗。就算有一天他认错了，我还是恍然觉得，这就是王安石的诗，印象太深刻了，或者说是那时美好，不忍忘却。

刘老师对我很好，我要帮忙带弟弟经常要请假，他着急了就会去家里找我，问问我需不需要补课，或者去劝说我父母，让我不要老是请假。

我们那时候没有幼儿园，都是直接上了学，什么规矩都不懂，他又宠我们，让我们有些随心所欲。

有一次，刘老师家里有事，他让我们自习。我心想自习有什么意思，不如出去捉迷藏。于是，我到讲台上振臂一呼问："谁想去场院上捉迷藏，跟我走。"

谁愿意被关在教室里？有十几个同学都跟我出去了，我们一路欢呼，直奔场院而去。场院是专门修了打麦子用的，平整光滑。刚过完麦收不久，一垛一垛的麦秸还留在场院里没有运走，我们将麦秸垛当成山，蹿上蹿下。

那次集体逃课把校长惊动了，我们被抓回来的时候，刘老师已经回来了，但是他已经没有力量护着我们了。他无奈地站在旁边，看着年过半百的老校长暴跳如雷地臭骂我们。

至今，我都还记得校长暴跳如雷、口不择言的样子，大概也真是气坏了，或者还有震惊：一年级的小孩，居然如此目无纪律！

还有一次，刘老师请假了。不知道谁说老师订婚去了，我想，订婚去了，那是大喜事，我们得去看看，要点糖吃。于是，我招呼了几个人，逃出了教室，直奔老师家。

我们在院子外转了半天，也没见到办喜事的样子。我们又进了院子探头探脑，连老师的影子也没见到。最后觉得很无趣，就返回学校。远远地，看到刘老师骑着自行车飞驰而过，他意味深长又生气地看了我们一眼，一下子就不见了。

我心里"咯噔"一下，完了完了，被发现了。我闹归闹，还是很害怕老师的。我像做了贼一样，气势全无，走路也颤抖了，跑都不会了。蔫头耷脑地回到学校，怀着侥幸，希望刘老师还没回来。可是一眼就绝望了，只见教室门口横了一张课桌，刘老师就坐在课桌后面，我们几个灰溜溜走到门口，集中站在那里。

刘老师很严肃，板着脸，一个个问："你干吗去了？"

被问的蚊子声一样回答："看老师订婚去了。"

老师忍着，不让自己有表情。

"谁说老师订婚去了？"

被问者怯怯说出一个名字，老师点点头，拉一下桌子，留出一道缝："进来吧。"

此人如蒙大赦，一闪身挤进去。

问来问去，就剩我了，而且他们全部指向我。

我环顾四周，孤零零凄惨惨，好似天地之大，只有我一人。怕，像六月的天气一样，时而风起云涌，时而大雨滂沱。

老师沉着脸问："你干吗去了？"

我不言语，这是我最后的倔强——我也不知道我干吗去了！

再问："你上课时间跑出去干吗去了？"

"我想吃喜糖。"

我说的是实话，刘老师绷不住了，差点笑出来声。他努力憋住，打算闪出一条缝把我放进去，不巧的是校长溜达过来了。得知事情原委之后，校长怒气冲冲地让我罚站，一直罚到放学。

那条桌子缝合上了，我孤零零在旗杆下罚站。上第二节课的时候，校长回家了。他的自行车闪出学校大门的那一瞬，刘老师从教室里出来了，用很小的声音喊我："还不快回来上课！"

我如蒙大赦，赶紧回去上课了。

很多年后，刘老师转正了，岁数也大了。在一茬又一茬孩子的评价中，他居然成了无趣、古板的老师。老师十九岁的白衬衣与春天，我们八九岁的童年，在光阴中都遗失了。

聊斋

　　邻居家两夫妻，和我们家关系很好。男人经常出去打工，又没有孩子，就剩女人一个人在家。每次她一个人在家的时候害怕，就来叫我去做伴。其实我一个十来岁的小女孩，能管什么用呢？她无非就是一个人太孤单了，有个小孩一起，说说话，心里踏实一些。

　　他们家院墙很高，也有大铁门，比我家安全多了。我家那时候是土墙柴门，如果有坏人都不费劲就能进去。可是我爸在家，几乎不出门。我爸还练武术，我们家人又多，我从来也不觉得害怕，最主要的是家里穷，贼也不惦记。

我挺愿意去邻居家做伴的，晚上吃完饭写完作业就早早地过去。我家和她家斜对门，就隔一个小小过道，穿过去就到了。农村的晚上，百无聊赖，老早就钻进被窝里。她家有电视，这是我爱去的原因，每天晚上都能看电视。小小的12英寸黑白电视机，是全村孩子的彩色梦想。邻居婶看着看着就睡着了，我便自己看，也没有遥控器，我跳到地上去拨动旋钮调台，一直把电视看得满是雪花才会睡觉。

有一天晚上，八九点钟，我漫无目的地调台，突然画面中出现了一个古装美女，我喜欢古装美女，贪看了一会儿，心都激动地"突突"跳，居然是《聊斋·莲香》那一集！

之前我只看过书，对《聊斋》特别感兴趣。《莲香》这一节有狐狸精又有鬼，又害怕又觉得好看，没想到电视剧也拍出来了。此时，邻居婶已经睡着了，我一个人趴在被窝里，露个小脑袋自己看。

这一版《聊斋》拍得十分逼真，莲香走后，院子里的女鬼出现，并且在勾引书生后留下绣鞋。绣鞋、女鬼，那种气氛太吓人了，我吓得瑟瑟发抖。电视剧只有两集，全部演完之后，就没有节目了，屏幕上一片雪花。我盯着电视屏幕，眼睛左右巡视，看哪里都黑乎乎像藏着鬼。此时灯早就关了，我一次次鼓起勇气想跳下去关电视，一次次又因害怕而放弃。也不知道雪花到底闪了多久，我迷迷糊糊睡着了，朦胧中听到邻居婶嘟囔了一句："这孩子怎么没关电视。"然后是起床下地的声音，电视机"啪"一声

《窦女》那集，集齐了神出鬼没的女鬼、空寂的灵堂等恐怖场景。

关了。

我在睡梦中一阵轻松，终于把电视关了。

第二天白天路过电视机还心有余悸，心想晚上可不敢看了。看完不敢关电视，满脑子都是白衣女鬼和绣鞋，白天害怕得连课都上不好。

到了晚上，看《聊斋》的后遗症更严重了。我不敢去邻居家，吃完饭写作业可劲儿磨蹭，一会儿洗洗脸，一会儿整理整理书包。我们家已经铺好床准备睡觉了，我还没有走。我爸开始赶我，我去了他好插门睡觉。

我实在没有理由磨蹭了，就硬着头皮跟我爸说："我不敢去，你送我吧。"

我爸有点摸不着头脑，这么近的距离，每天都是我自己去的，但是他也没问，便出门送我。我知道我爸在后面，穿过黑黑的小过道还是心悸。那时候也没有路灯，一路狂跑，风一样闪进邻居家。

邻居婶听到我来了，起身去关大铁门，有她在外面关门，我才没那么害怕了。于是，我又忍不住把电视调到那个台，越吓人，诱惑力越大。

我天天晚上看《聊斋》，每天晚上跳下去关电视都像历险。一边回头看身后，一边迅速跑过去关掉电视，然后一下子跳到炕上来，蒙在被子里，好一会儿才能平静下来。

　　和邻居姊做伴的那些日子，我把《聊斋》几乎看完了，尤其是《窦女》那集，集齐了神出鬼没的女鬼、空寂的灵堂等恐怖场景。看的时候吓得魂都飞了，好多天不敢看电视。

　　有一次，跟大人去一个亲戚家串门，她家新做了驴打滚，我跟着去肯定可以吃一些。热乎乎的驴打滚，沾一点豆面，那可是人间美味。我飞跑进院子，忽然见她家院子一侧放了一口棺材，那棺材还没有上漆，白生生的。猛然看见这么个东西，想起《窦女》的镜头，吓得转身就向外面跑。我妈问怎么了，我指指那个东西，扭头回家了。到家了还惊魂未定，从此再不去她家玩儿。

　　我妈回来说，人家家里有老人，那个叫寿材，提前做好放着是增寿的，不用怕。

　　确实，那时候很多有老人的家庭都会提前做好寿材放着，有健康长寿的寓意。小孩子可不接受这样的寓意，能躲多远躲多远，《聊斋》后遗症。

诡异野兔

　　我们村子很小，孩子不多，村里学校只能上到四年级，五年级之后就要到中心校去上。附近五六个村子都集中在这里，这样回家就有二里多地。有时候爸妈不用自行车，我就可以骑着自行车去。夏天经常下雨，有一次放学时分下雨了，我跟本村的小孩一起冒雨骑车回家。路上经过亲戚家，自行车沾了很多泥，于是我决定去亲戚家避雨。

　　我推着沾满了泥的自行车去亲戚家，亲戚一家人对我挺热情，还邀请我住下。

我没有住，六点多雨停了，我决定回家。亲戚一家热情相送，并让我将沾了泥的自行车留下，他们怕我一个小孩推不回去。于是，我背上书包出发了。此时距离家已经很近了，但要穿过一条公路。公路的两侧都是庄稼地，刚下过雨，又是傍晚，方圆几里一个人也没有。

西方的天空，云霞渐渐沉下去。东方出现了一道彩虹，然后暮色突然之间就笼罩了四野，给雨后的晚霞罩上了一层薄纱，晚霞立刻就失去了光彩，变得黯淡了。湿漉漉的空旷中，天地变得无限大，平时熟悉的路和远处的村庄变得陌生。

我在空茫的恐惧中突然跑起来，也开始后悔去亲戚家避雨。跟着同学一起回家多好，最多湿了衣服，大不了推着自行车多费一点力气……

跑了几步，觉得不对劲，后面有声音。我猛一回头，发现一只兔子居然跟在我后面。见我回头，兔子也停下了，坐在距我不远处，望着我，我吓得魂不守舍。那是一只很大的野兔，浅灰色，在雨后的空旷中格外惹眼。

还好，是一只兔子，不是狐狸。

那时候我正迷《聊斋》，每天都揾着眼睛看，总觉得自己会遇到狐狸精。可是平原上哪有狐狸？见到一只野兔已经很稀奇了，又一想，不对啊，兔子也会成精的。

狐狸精都有情有义，遇到了说不定是好事，但是兔子精就难说了。我的家乡关于兔子精的传说都是很吓人的，兔子似乎没有什么善良之辈，成精后专门折磨人，心眼还小。

这样一想，那只兔子越看越诡异，我转身向村子狂奔，一心想把这只野兔甩开。跑着跑着猛一回头，见那只兔子还跟在我后面跑。我立即停下回头怒视，它又忽然原地坐下。我又跑起来，它又跟着；我停下，它就坐下。不远不近，一直保持着距离跟着。

大雨过后的地里，一览无余。玉米刚种上没多久，才长了几寸长，周遭空寂得可怕。

空气中流淌着野性的味道。面对一只兔子，我快吓哭了，把书包紧紧抱在怀里，心想要是它上前来咬我，我就跟它拼了。可是兔子一直不上前，就这么不远不近地跟着我，一直保持几米的距离，我蒙了，继而崩溃。于是转回头对着它大声喊："你想干吗，你别跟着我，走开啊。"

兔子完全无动于衷，盯着我。眼看着天就要黑了，甩也甩不掉，骂也骂不走，还能有什么办法，继续跑吧。

我在积满水的土路上飞跑，一直跑，一口气跑到村口。再寂静的黄昏，村子里也会有人的，遇见人我就不怕了。到村口，我回头挑衅地看那只兔子，它又原地坐下，似乎从没跟着我，只是一直在这里休息，小眼神满满的无辜，真会装啊！我盯着它，它也盯着我。大概一刻钟之后，它突然转身，一跃跳过路边的小沟，飞一样穿过玉米地，向远处跑去，片刻之后就没了踪影。

大雨过后的野地里，一览无余。除了残阳如血一样铺满天空外，一切植物都空寂得可怕。空气中流淌着野性的味道……

　　我盯着空旷的路，兔子消失的地方，几乎以为自己做了一个梦。

　　又是一个深刻的梦，深刻到几十年过去了，那个雨后黄昏中跟在身后的兔子还栩栩如生，它到底想干吗？不得而知。

　　我一直怕兔子，它们的小眼睛血红血红的，总是若有所思的神秘样子，让人觉得不简单，斗不过。

　　有一次闲聊，我大姨说，有一年她养了几只兔子，家里缺钱了她想把兔子卖掉，就骑着自行车载着兔子去镇上。走到小河边的时候，毫无征兆地摔了下来，摔得鼻青脸肿，她觉得是兔子生气了，就决定不卖了。

　　爸妈年轻的时候，村子里有个女人每天把两只手举在头顶上，蹦来蹦去，也不干活，走路都用蹦的。这个女人时好时坏，闹得厉害了就请村里的土大夫扎两针。大夫人高马大，是个身高一米九的壮汉，妖精也怕。后来，女人就恢复了正常，和旁人无异，只是过不了几天又犯病了。据说，她被兔子仙附体了。当然，那只是谣传。

　　也不知道我遇见的那只兔子，后来成精了没有。

走冰

　　我家只有一辆自行车，去外村上学后，我经常走路去，也经常迟到。于是就盼望冬天赶快来，可以抄近路走冰去。我们家到学校，走公路的话，绕过庄稼地，有二里多路，加上两个村庄的长度，还挺远的。若是抄近路能少一半的路程，需要从庄稼中间的一条小路穿过去，还得跨过一条小河。河有点宽，平时过不去。一入冬，冰冻瓷实之后，我就直接穿越庄稼地，穿过小河，走冰上岸，穿过村庄就到学校了。

　　小时候的冬天比现在冷得多，大家都穿着妈妈用新棉花做的棉袄、棉裤、棉鞋，虽笨拙但保暖。一个个戴着帽子、手套从冰面上从容走过，像一只只小企鹅。走冰的时候，如果时间充裕，还可以滑一会儿。冰冻透之后是很漂亮的，洁净透彻，微微一点蓝，可以看见下面一层层的冰花，如裂开的瓷器。冰面上很滑，一不小心就摔一跤，还是很疼的，但这小小的疼阻止不了我们走冰抄近路的心。

　　每日午后，时间充裕，我们穿着鲜艳的棉衣在冰面上嬉笑打闹，滑过来又滑过去。男孩子玩得更大胆，他们蹲着，另一个小孩双手拉着滑，滑得又快又稳，冰面上留下一道道划破的痕迹，向四面八方延伸，是花一样的线条。

　　去冰上玩是冬天最大的乐趣，就像男孩子夏天去河里游泳一样，无论有多危险，也要冲破重重阻碍偷偷去玩儿。

　　走冰能持续一个冬天，寒假过完开学之后天还是很冷，可以继续走一段时间。春暖花开后，冰会一层层融化，回归成小河，淙淙流淌，就不能走冰上学了。

　　通常是柳条染上一层蒙蒙的绿意之后，太阳光也明亮起来，我们又开始绕公路去上学。此时，小河其实还没彻底解冻。冰是一层层冻起来的，也要一层层化开，一直到花都开了，最后那一层薄如蝉翼的冰在某一天彻底被哗哗流淌的河水吞噬，冰才算真正消失了。

有一天中午，我做完值日后校园里已经空无一人。我看看太阳估算了一下时间，此时走公路回家，匆匆吃完饭连喘息的时间都没有就得马上奔赴学校。时间太紧张了，何况我早饿得肚子咕咕叫，想早点到家吃东西，于是就斗胆抄近路向小河而去。

抱着一丝侥幸，我很快就来到河边。表层的冰还没有化，暂时也看不到冰下面的活水流动，我舒了一口气，但是也有点忐忑，小心翼翼踏了上去。我在河边试探着走了两步，就是那种随时可以退回岸边的试探，走了两步，又走两步发现冰还是挺结实的。于是，我放心走了上去，大步向前。走了很远，突然身后传来了轻微的裂痕声。"咔嚓""咔嚓"，很微小，又很惊人。我回头一看，刚刚走过的冰面在慢慢裂开，我觉得心脏猛然狂跳起来，一时呆立在原地。冰虽然表面看还是很结实的样子，其实最下面已经开始融化了，此时一个人的重量足以让它不堪重负，继而碎裂。受到重创的冰面快速向我的方向裂开来，像一条游动的蛇，我无处躲避，茫然无措。

此时已经离岸边很远了，我站在冰中间直冒汗。汗水顺着头发淌下来，我连抬手擦一下的勇气都没有，连一丝一毫的动作也不敢有。我觉得我任何动作都会增加身体的重量，继而导致冰更迅速开裂。冰面反射着太阳的光芒，白闪闪的、冷冷的，我们互相注视，沉默无语，等待一个可怕的结局。

一个小女孩，就这么站在河中间，不敢向前，也不敢后退。大中午的，这里一个人都没有。想到如果我掉进河里也不会有人看见，忽然悲从中来。

就这么茫然站在冰上，不知所措时，忽然来了一只大狗，黑色，伸着老长的舌头。它不怕冰，径直就走上来了。狗的重量有限，它轻快地跳跃，走过我刚才走过的冰面。冰正在裂开一条条的纹路，但是狗并没有掉下去。它抬头看到了我，我笔直地站着，像个傻子。狗像发现了软弱的猎物，径直向我扑来。我大叫一声，也不管冰裂不裂了，疯狂向对岸跑。冰面在我凌乱的脚步中一层层开裂，我几乎是飞一般跃过另外半边冰面，跑上了对岸。

我觉得我从来没跑得那么快，狗也跟在后面追我。跑上了岸，我在劫后余生的喘息中拾起一块砖头吓唬狗，它扭头跑远了。我注视着冰面，冰还在慢慢开裂，一直裂到了岸边。可以感知到冰层深处的水流，充满了欢快的活力，它们马上就要冲出来了，迫不及待要开始奔跑。

去冰上玩是冬天最大的乐趣。

　　我想转身回家，却发现手脚都是软的，休息了好一会儿，才能正常走路。

　　那是我最后一次走冰上学，从那之后，就算是冰面冻实了的隆冬时节，我也坚决绕路，不再抄近路了。

冰花后，雾凇里

雾凇通常出现在最冷的时候，多是寒假，而且不会很频繁，一个冬天只出现一两次而已，越稀少，越觉得珍贵。

雾凇季，冰花先。

早上起来，拉开窗帘，玻璃上一层厚厚的冰花。用指甲在冰花上写一排字，或者画一幅画，再或者伸出舌头舔一口，冰冰凉凉，能把舌头黏上。房间里的冰花凉度有限，不会像室外一样，在冰冻的栏杆上舔一下，舌头就拿不下来了。

寒假时，起床了也不急着出去，蹲

在炕上玩玻璃上厚厚的冰花。寒冷将冰花雕刻得形态各异、玲珑精巧。我们默认这是神仙的手艺，就像漫天晚霞是织女的手艺一样。用指头在玻璃上画是画不动的，需要用指甲，"刺啦"划一道，又划一道，指尖的冰凉瞬间传遍全身。

冰花有各种图案，有盈盈玉树，有六瓣雪花，有凤凰羽，卷绕舒展，栩栩如生。随着温度上升，冰花一点点化掉，化的过程也是千变万化，奇妙无比。有时候窗玻璃上的冰花树，连树梢、枝丫、叶片纹路都很清晰，和雾凇很像。

爸妈起床后，房间里很快点起了火炉，暖意扑面而来。没一会儿冰花就化了，淌成水流，从玻璃上蜿蜒而下。

玻璃变得通透了，外面雪白一片，雾蒙蒙的，不是下雪，是雾凇。"哇"的一声惊呼，穿了衣服就出门。

我错过玩雪，也不会错过玩雾凇。

这种天气一般都很冷，干冷，没人愿意出门，大家都躲在火炉边，所以去看雾凇常常是我一个人。此时天地皆白，全然一体，但又不是雪的那种晶莹憨厚。雾凇是薄的，雪是笼统。雾凇是有细节的，道树全身披挂，每一个角落都被雾凇占领了，雾凇不放过每一条小枝条，均匀照顾万物。如果是大雪的话，雪下会有一段枝丫是黑色的，黑白分明，但是雾凇的世界，天地浑然一色，小草的细小枯枝也重新活了过来，纤毫毕现。

走在雾凇中，如误入琼林，天地空旷。明明是银装素裹，却像天地送
给万物的一场大礼。

　　雾凇落在小小细细的枯枝上，如覆白霜，近距离看，毛茸茸的。

　　雾凇和雪不一样，雪是属于大地的，白茫茫覆盖四野，雾凇是属于所有植物的。雾凇很公平，无论多细小的草叶、树枝，都均匀染一层白霜。于是，这个天地就变成童话世界。走在大路上，可见度不过几米。两旁的道树一排排全身披挂，如琼林玉树；矮处的枯草各有韵致，漫山遍野，银绦素缕，朦胧诗意，清晰爽利。

　　此时天地，让人清醒又感动。

　　如果我是一个人出来，就会放慢脚步，蹲下来慢慢观察小草是怎么披挂上雾凇的。如果约了小伙伴，几个人慢慢走在雾凇里，就像走入了琼林之中，说不出的感受，就是慢慢地走，脑子里空白一片，什么也不用思考。忽然有人一本正经走到树下，摇一摇树就跑。树梢上"噼里啪啦"落下来的冰点，落在皮肤上，脖子一缩，倒吸一口凉气，又冰又爽。被凉得够呛，决不能放过这个使坏的人，于是开始追打，将她赶到树底下，也摇她一身冰点才好。雾凇受到笑声与奔跑的触动，纷纷扬扬飞落，像下了一场雪粒子。

　　那么朗阔洁白的世界，走在这情境里，似乎会走到地老天荒，没有尽头。

　　雾凇之季，人们都不爱出门。走在雾凇中，如误入琼林，天地空旷。明明是银装素裹，却像天地送给万物的一场大礼，倾其所有，不计得失，给就给到极致，不问明天几何。

　　雾凇是天地送给冬天的情书，冬天读着读着，心就暖了，把信珍藏起来了。于是雾凇慢慢在温暖中隐去，空气中还残留着一丝冷冽与珍惜。

　　春天就迫不及待地来了。

荒坟里走出一只动物

　　有一天傍晚，家里没什么吃的，我妈让我去北边地里拔一些葱，摘一些茄子回来做晚饭。我很不情愿去北边的地，但是也没有理由反驳，就出门了。此时，天还大亮着，晚霞红灿灿的。我想着快去快回，就一路奔跑。

　　我家是迁徙来的，分的地不集中，家里几亩地分散在南北西三个方向，彼此距离很远很远。这样分散的地种东西也比较麻烦，不方便管理。最远的一块地就在村子北边，非常远，已经挨着邻村的土地。每次干活的时候，两家人互相望一眼，却谁也不认识谁。那块地也诡异，一共就三亩，却只有五六垄，是长条形的，垄长差不多有二里路。从这边干活到那头，通常需要半天的时间，给人总也不到头的感觉，非常烦人。

菜种在这块地的最北头。也就是说，我不但要从家里走这么远来到地里，还得从这头穿到那头去摘菜。傍晚了，我一个人孤零零穿过整块地，那一路的寂寞与焦急，实在是有点心悸。

我几乎是一路飞跑到了地头的菜地里。

邻村距离我家那块地不远处有个坟，孤零零一个坟包，在寂静的夕阳下十分神秘。我一手拔葱，眼睛却一直盯着那里，防止坟里冒出个鬼。我盯着能阻止鬼冒出来吗？肯定不能，但是我怕我不盯着，鬼突然出现，那不是更可怕么？

还好什么也没出现，我松了一口气，摘了茄子、拔了葱，抱在怀里准备回家。忽然间，天空暗了下来，太阳几乎是一瞬间落下去了，只留下一抹彩霞还在天空做最后的收尾工作。傍晚的天就是这样不讲道理，你以为还有很长时间才会天黑，它却一下子就进入到另一个氛围里。

与此同时，我的眼睛都直了，我惊惧不已地发现，从那个坟的洞里走出一只狗，最起码是像狗的动物，黄色的。它四下看了看，似乎还朝我这边看了一眼，然后匆匆跑了。

跑过了垄沟和庄稼地，向远处跑去，跑得很快，然后在另一座比较远的坟前站定，一猫腰不见了。那个坟因为太远，有没有洞我看不清楚，但是很清晰地，我看到那个动物钻了进去。

我站在原地，呆了很久，甚至有一瞬间的恍惚。暮色四合，万物寂静，哪里有什么狗，或者动物？一定是我的意识出问题了。

我开始奔跑，地里的泥土湿润，田埂众多，草和庄稼交替茂盛，我跑起来并不容易。磕磕绊绊的，随时有摔跤的风险，因为内心巨大的恐惧，无论多跟跄我也没有停止奔跑。我越跑越快，不时回头，好像那条狗一样的东西在后面追我。一直跑到大路上，我才算踏实了一些。停下来喘口气，回头望一望菜地方向，黄昏的雾气已经开始蔓延，那里模糊一片，什么都看不到。大路上不时有扛着工具回家的农人，我跟在他们后面，亦步亦趋，恐惧逐渐消散。

我后来跟着大人再来这块地干活的时候，一直仔细盯着邻村那块地的坟。那坟大概是年深日久也没人管，确实有个大洞，黑乎乎的，深不见底的样子。那时候还没有兴起在自家地里筑坟的风气，家族里都有固定的坟地，坟地在谁家的田里，谁就必须要接受，这是约定俗成的。如果某个家族太大，坟地连成了片，导致耕地缩小太多，村子里会考虑补偿，另外多给分一些。如果只有一两个老坟，也不知家族姓氏，那就算了。它在那里，也不会少种多少庄稼，没人会计较。出于对死者的敬畏，很少有人会把看似年代久远的没有后代祭祀的老坟给平了种庄稼。所以，这种没有后人来填土的老坟就一直自然老下去，会被黄鼠狼等动物打洞或者被雨水灌。

孤坟就在地头，
在寂静的夕阳下十分神秘。

　　这个钻出了小动物的坟，就是无主的老坟，没人故意去破坏，但也没人来保护。那说不定，那天我看见的是一只黄鼠狼，可是黄鼠狼的体积很小，我不会认不出来啊！

　　我还大着胆子带着好朋友去那个坟边看过一回，洞口都是草，看不出有什么动物生活过的痕迹。

　　我想了很久，也观察了很久，再也没有见过那个坟的洞里钻出过什么动物。

　　小孩子总是会看到这样或那样的事情，有老人说，是小孩眼睛干净；也有人说，是小孩想法多，容易相信自己的幻想。

　　谁知道呢。

抓蝌蚪

一到五月，天就像变了脸，一下子就温和慈爱起来了。

春天春暖花开了，柳绿桃红，空气中暖风流动，草从松软的泥土里钻出来，很快就茂盛一片，绿茸茸的，河水清爽欢快，每天都唱着愉悦的歌。

走在外面，心情都无端地好起来，总想哼歌，跟小河比一比谁唱得好。

河水是活水，很清澈，鹅卵石和水草都清晰可见，圆润温柔。一到四五月，还能在水草间看见蝌蚪，这些黑黑的小逗点游弋在水草间，藏在石头缝里。卷了裤腿下去捞，一把捞出一捧水。它们逃得很快，一下子就四散不见了。河水被搅动，泛起泥浆，等泥浆沉下去之后，小蝌蚪连影子都看不见了。

我们对活物总是充满了兴趣，抓虫子、挖蚯蚓、下网抓鸟、扑蝴蝶、扑蜻蜓、抓蚂蚱……这一切飞的、跑的、跳的，都被注入了魔力，我们不遗余力去追逐，去拥有。

蝌蚪开始游动了，大家开始抓蝌蚪，拿着小网兜，去河里或者池塘里捞。网兜成功概率大一些，瞅准蝌蚪聚集处，一网下去，总能捞上来几只。它们小小的，乱跳乱动，可爱极了。捞蝌蚪时会带着一个圆滚滚的、矮胖的罐头瓶，洗干净装满水，捞上来的蝌蚪就放进瓶子里带回家。蝌蚪像一个个黑色的逗点，活泼可爱，每日把罐头瓶放在柜子上，进进出出看一眼，除了看它们在水中愉快游弋，也就没有别的有趣之处了。人人都要抓几只，装起来，这么摆在家里，每天看一看，像一个仪式。小蝌蚪真的很可爱，圆圆的小脑袋，纤细的尾巴，特别灵活。只是瓶子都太小了，限制了它们遨游，想必它们也很憋屈和不满。

可怜了小蝌蚪，它们被我们带回家之后，就再也找不到妈妈了。

一开始，还存着幻想，看看小蝌蚪是怎么变成青蛙的，

真正的河水是活水，很清澈，鹅卵石和水草都清晰可见，圆润温柔。一到四五月，还能在水草间看见蝌蚪，这些黑黑的小逗点游弋在水草间，藏在石头缝里。

可是我们谁也没见过蝌蚪的变态过程，它们都死掉了。

　　一天中午，我爸去浇地，他经过一个池塘的时候发现一个七八岁的孩子掉在水里了，正在水里扑腾，眼看就没有力气了。他急忙冲下去把孩子拉上来。原来，这个孩子是为了抓蝌蚪掉到水里去的。那年中秋节，孩子的家长还带着礼品来我们家，感谢我爸的救命之恩。

　　这样的教训依然挡不住我们抓蝌蚪的心。

　　有一年，小舅抓了一大罐蝌蚪，养在瓶子里。他养得很仔细，还换水，晒太阳。我们的都死了，他的还好好活着，每天在瓶子里撒欢。那段时间，我上学放学都要拐去姥姥家，趴在瓶口看一阵。小舅比我大不了几岁，贪玩淘气一样不落。

　　除了抓蝌蚪，我们还抓蝉。蝉是很难抓的，它们躲在高高的树上，藏在叶子后面，盛夏的时候，一起叫，根本分不清声音来自哪里。我们实在抓不到，最后就变成找蝉壳。蝉在成熟后会蜕一层壳，把旧壳留在一个地方，它的真身就飞走了。蝉壳是很脆弱的，玩一会儿就会掉一些零件，渐渐就残缺起来，没有意思了。蝉壳可以卖钱，但是它们的重量很轻，收购的人都是按照重量算钱的。如果有耐心，可以去收集一些，换一点儿钱买零食、课外书等。我们都没这个耐心，何况蝉壳也有限，好容易找到一个，很快就玩坏了。

　　蝉声一片的盛夏，我们站在树下，十分渴望地仰望树梢，希望抓一只活蝉来玩。

　　有些事你不知道有什么意义，也不会去想有什么必要和意义，只是去做了，就像抓蝌蚪和抓蝉一样，就想把另一个生命禁锢起来。

人们···人世间

人生一世，春花秋月，

终不过：犹陪落日泛秋声

易姓

　　我们这有很多山里来的人家，都是通过易姓的方式，落户、生根，成为村庄新的一员。

　　山里的小村子，交通不便，信息闭塞，因为天气严寒，庄稼一年只能种一季，严重影响了土地的使用，直接导致粮食不够吃。为了节省口粮，一到了冬天天短夜长，人们就吃两顿饭。半上午起来，做一顿饭吃就差不多中午了，消磨一下时间，下午四点左右再吃一顿，等天黑了就上床睡觉。

　　人闲是闲了，可是没钱没余粮，生活质量不高，看不到希望，于是就有很多人想办法离开这个地方。有投靠亲友的，有打工迁移的。总之，但凡有一线希望离开，都会毫不犹豫地走掉。渐渐地，村子里的人家越来越少了，许多空房子在夜色中像兽一样，吞噬着黑暗然后释放出恐惧。最后走不掉的就剩两类人，一类是老弱的，没法外出打工，没有创造价值的能力了，自然也不能给亲戚添麻烦；一类是没有门路的，于是诞生了新的思路，通过一层层的人介绍，去平原上的村庄里寻找那些孤寡老人认干爹，以此逃离。

　　山里人羡慕的平原地带，总有一些无儿无女的独居老人，这些老人身体不好，岁数也大了，孤苦伶仃没人照顾，但是谁不想享受天伦之乐呢？于是这些老人很愿意认下一个干儿子，顺带接受干儿子一家老小。这样的老人虽然不富裕，但也有房子有地，得村委照顾。老人们认干儿子只有两个条件，一是需要改姓在自己名下，改口叫爸，自己也算有了后；二是照顾自己，供应茶饭养老送终。作为回报，干儿子一家落户在老人名下，并分得耕地，老人死后所有财产也归干儿子一家所有。

　　一方找到地方落户生存，一方得到照顾，有家人了，也算是各取所需。

　　在宗族制观念很重的农村人眼中，改姓改口实在是一件天大的事。可是为了后半生的好日子，为了孩子的未来，往往一咬牙就认了。

　　拖家带口去做人家的干儿子，往往已经人到中年了。为了生计，改姓，还得改口，所以如果父母健在，无论多艰难这条路也不能走。

　　和一个陌生的老人生活在一起，并且建立感情，这本身就是一件很难的事，但是再难，也要做，这是唯一的出路。

　　平原上也种地，却可以种两季庄稼，不用饱受翻山越岭等诸多辛苦，而且孩子将来也可以留在这里，永久逃离大山。孤寡老人呢，在老年忽然有了一个大家庭，儿子儿媳孙子孙女，孤寂了一辈子的家忽然热闹起来。双方都有一些让步，却也都得到了想要的，双方受益。

　　那些年，易姓的人家不在少数，剩下另外一些人，或者是父母健在，不好去认干爹奉养；或者家里人口单薄，没有出去的条件。

　　易姓之事，大家都是相互介绍的，迁移过来也都距离不远。如果幸运还能在一个村子里，有一两家熟人在，大家可以互相走动一下，串串门，吐槽一下各自的新家，也缓解一下背井离乡的孤单。

村委会也乐得给老人找个依靠，老人也愿意享受天伦之乐。山里人呢，摆脱了贫瘠，过上了有房子有地，而且有两季收成的好生活。

这样的重组家庭结局也五花八门，真正幸福的很少。

两家人生活习惯、习俗完全不一样，突然生活在一起，甚至连吃饭都有可能吃不到一起。总有一方要妥协，没有血缘维系，就渐生嫌隙。

善良的人家，自然遵守承诺。得了老人的实惠，便一心照顾老人，直到寿终，继承一点遗产，也算有了安身立命的微薄本钱。不善的人家，只是将老人做个跳板。来了三五年积攒够了本钱，找个借口把老人踢开，房子和地也都不要了，另起炉灶过生活。改了的姓，自然要改回来，只要没闹出大事，村委会对这些也不大管。也有双方都不善的，改姓的人家嫌老人毛病多，老人孤僻惯了，嫌新认回来的"儿子"不尽心，双方吵来吵去，闹到村委会。村委会也是和稀泥，分开拉倒。

大部分人家还是能互相遵守承诺一起过日子的。

这样迁移过来之后，总会因为是外乡人而遭遇一些不公平。受一些冷眼，但是总比留在山沟里强。换个姓氏，认个爹，在尊严上折损一些，好歹能换顿饱饭吃。等熬到这新认的老爹一死，总要留下些家产、田地，也算在新的地方拥有了立足之地。

　　十几年过去，儿女长大了，或嫁娶或工作，就渐渐融入当地的生活了。三代之后，几乎就成了本地人。

　　怎么样不是活着呢？

学校在村里的东北角,我们家在西南角,我每天上学都要穿过大半个村庄。东边和北边住的人家,我大多不熟悉,因为距离太远了,跟我们家没有来往。我每天都会路过这些人家的门口,如果谁家开着门,路过时偷窥人家院子里的人或事,以慰无聊和好奇。

有一户人家住在学校旁边的小街上,我每天都路过,每天都贪看一会儿,因为那家的女主人和村子的其他人不同。一是因为这个女人瘦小,看起来连一米五都不到，但是她长得非常好看，五官精致、清秀，眼睛很大、很深，人们猜她是四川人；二是她不会说普通话，也很少出门。因为没办法交流，她的方言谁也听不懂，所以她总在院子里，洗衣服做饭。我看见过她走得最远的地方就是门口的麦秸垛，她去扯柴做饭。

那家人我也不认识，男的高大黢黑，有一米八以上，黑壮黑壮的，有三十多岁了。据说，这女人二十岁出头。大人有时候也议论，但谁也不知道这个女人从哪里来的，是怎么娶的，反正这个高个男人出去打了几年工，回来就带回这个小个子女人，成了他媳妇。从每日匆匆路过几次的窥视来判断，他们家的日子过得相当平静。你无论何时经过这个院子，都是安静的、毫无声息的。女人不但不跟邻居讲话，也不和男人讲话，他们俩沉默地过着日子。遇到了就擦肩而过，各做各的，不像有的人家，隔一段时间夫妻会打一架，互骂到邻里都来拉架。

她来自哪里，家乡何处，像个谜一样。如果村子里凭空多出这样一个人，一定会有人问出个所以然。可是她跟着男人回来，一切似乎顺理成章。

过了一年，女人终于开始出门了，也跟邻居赶集或者去做活。男人总是陪在身边，跟别人家不一样。问了大人，说那不是陪，那是看着，怕媳妇跑了。

为什么怕媳妇跑掉，别人家的媳妇怎么不跑？这个问题超出了孩子们的认知范围，让我百思不得其解。

后来他们家有了两个孩子，相差两三岁。女人做了一个布兜，将孩子裹在里面背着。女人带孩子的方式非常新奇，我们这些没见过世面的小孩总是跟在她的背兜后面嬉笑，她回头怒目而视，但是也不骂，大概是骂了我们也听不懂。她背着孩子，一点也不耽误干活儿。

经过几年熟悉之后，她也勉强能跟邻居交流。几个女人聚在一起八卦的时候，她也偶尔会笑。

我还是经常看她，她还是很奇怪，不能完全融入。她虽然苍老了一些，还是很好看。她很勤劳，干活麻利，无论是地里活儿还是针线活，都做得飞快。夏天，她在门口的树荫下缝东西，飞针走线令人眼花缭乱。

有了两个孩子之后，男人也不怎么看着她了。我经常能看见她一个人去地里，也跟别人一起去赶集，她笑得很快乐。他们家也不穷，甚至比别人家的房子还好一些，新修的，很高大，连院墙都是崭新的红砖。我也长大一些了，觉得她跟村子里的女人没有两样了，就不再关注她。

忽然有一天，她消失了。

那段时间，茶余饭后，大人们在一起议论的都是这个女人，她逃跑了。怎么也没想到，这么多年了，她居然会逃跑了。也有人说，她经常挨打，看起来日子过得不错，实际上过得不好。不然快三十岁的人了，又有两个儿子，怎么会舍得离开家呢？

她确实消失了，男人仿佛更黑了，每日沉默着经过我家门口去地里干活，眼神黯淡无光，人也瘦得很厉害。

我问过大人，她去哪里了？大人们都说："回娘家了，就是娘家比较远，在四川，回不来了。"

"既然能去，为什么不能回，去接回来不就得了。"

"他肯定是不敢去接的，万一人家等着揍他一顿呢，揍死了呢！"

媳妇重要，命也重要呀。说到底，不是正路嫁娶，没有处成亲戚的资格，所以这个男人连人家的门都不敢登。

男人很后悔给了女人自由，以为有了孩子，也过了这么多年，女人会留在这个家里踏实过日子了。谁知道这么多年了，她还心心念念跑回家去。

女人到底也没有回来，就这样消失了，就好像这个村子里从来没有这么一个女人生活过。

一对怪夫妻

　　他们家在村里第一个买电视，我没事就溜过去看，悄无声息进到外屋喊声"大姨"。她被吓一跳，无论在干什么，都笑眯眯帮我打开电视。她长得好看，人也温和，从不生气，我脸皮这么厚，随时去看电视，就是因为她好脾气。

　　好脾气有时真会给自己带来麻烦。我总去她家看电视，费电不说，大姨还得陪着我，总不能把我锁在家里她去地里干活。于是，她就指使男人自己去，她在家里做别的活儿。我得寸进尺，有一次实在没有节目可看，只有一个台在放《胡桃夹子》，我硬是将这出外国话剧看完了。以我当时的品位和见识，看话剧真的是浪费电，但我就是想看电视——并且主人不赶我！还有一次更过分的，我居然用一个下午，看完了整出京剧《秦香莲》。看完回家，我脑袋"嗡嗡"的，高亢的唱腔、难懂的戏词，导致我都快晕过去了。

这都是因为夫妻俩太温和了，温和到被小孩骚扰。

这么温和的两个人，和谁都不来往，在村子里似乎没有朋友和要好的人家。除了我，别的小孩也不去——被大人管着。大人都说他们怪，我大概是唯一一个觉得他们不怪的人。

据说，他们两个年轻的时候各自订过婚。那时候人们还很保守，说是婚姻自由，其实两个人并没有多少见面的机会，多是由媒婆两边传话，父母觉得不错，就订了婚。也会征求当事人的意见，但是肯定不是自己完全做主，也没那个环境和机会。

各自订婚之后，他们才突然醒悟，他们才是相爱的一对。他们两家距离不远，从小一起长大，太熟悉反而弱化了心动感。直到都跟别人订了婚，才发现喜欢的人就在身边。于是，他们偷偷约会了几次，互相表明心迹，各自回家退婚。

　　这一下引起了轩然大波，四方家长都不同意，退婚涉及退还彩礼、名声等，他们俩势单力孤，无法抗衡这么多大人便私奔了。第二天，村子里发现他们俩同时不见了的时候，已经快中午了。同族的人都发动起来去找，循着蛛丝马迹沿路搜寻。第二天，居然就找到了。他们俩太年轻，私奔也没走多远，就在十几里外的一个废弃小房子里休息。那个小房子孤零零地立在那儿，从来没有人理会过的房子突然关了门窗，有点太明显了。于是寻找的人马上就冲进去，把他们找到了。

　　他们是在夜里被找到的，而且同睡在一个小破房里。这事一下子就传开了，两家的订婚对象不干了。这次不等他们主动，人家就请媒婆来把婚退了，退得干脆利落。

　　退婚后，他们就顺理成章在一起，但是并没有取得双方父母的原谅。父母思想保守，觉得孩子给自己丢了脸，让自己在村子里抬不起头，就把他俩赶出去了。在农村，男性成年后有分宅基地的资格，村委会给他们在村子边上分了一块宅基地。父母也不忍心做得太绝，给了他们一些钱，他们俩就开始着手建房子。没有砖，就脱土坯，这是个脏累的活儿，他们俩没日没夜地干活，很快就积攒了一垛土坯。

　　那时候如果没有钱买砖，院墙都是用土坯垒起来的。

土坯的墙比砖墙还牢固，墙码好后，在表面抹一层白灰，光滑洁净。墙边再种几棵花草，便成了古诗词中的粉垣茅舍，花影阑珊处。

他们的土坯既盖房子也围院墙。

自从他俩私奔之后，双方父母对他们很冷淡，几乎断了来往。后来女方家心软一些，偶尔帮帮忙，比如砸夯啥

土坯垒起来的院墙和房子比砖墙还牢固。

的一个人无法完成的力气活儿，剩下的事大部分都是他俩一起干。后来的院墙都是他们俩一起垒起来的，除了上梁需要木工等，他们都没请人。普通人家盖一处房子需要个把月，他们俩用了半年。半年之后，他们在那个房子里办了一个简单的婚礼。稀稀拉拉来了几个祝贺的人，崭新的木门框上贴了大红喜字，红烛高照了一夜，映在窗棂上烛影晃动。

他们俩都长得好看，比村子里所有的男人女人都好看。男人宽宽的肩膀，女人皮肤白皙，身材苗条，一头长发，常年梳两条辫子。

结婚之后，就顶门立户了，耕地也分了几亩。谁都不知道他们俩几点出门干活的，大部分人早起去地里侍弄庄稼的时候，他们已经在干活了，有人说他们其实是连夜干活的。大家都种小麦和玉米，这两种作物交替作为主角。一样的庄稼，他们家的地里，总比别人的顺眼、干净，一根杂草都没有。从来没见过这么能干的人，还是夫妻都能干。他们的家也干干净净的，院子门口、周围都扫得没有尘土，因为每天清扫之前，他们都洒水。

结婚几年之后，这俩人都变得黑瘦。他们好像不知道苦和累，也不求人，慢慢富裕起来。院子里养起了鸡鸭鹅猪，地里的庄稼也长得比别人家好、壮实，收获也多。

有一次下雨，他们家的院墙倒了，应该是地基没打好导致的，于是重新挖开了打地基。这种特别重的力气活儿，都是要找年轻人帮忙的，他们俩依然没有求人。男人和泥，女人打下手，几天后新的泥土墙就立起来了。

他们家跟谁家走得也不近，最多就是路上遇到了点点头，像是一对外来人。

市面上才刚刚有电视的时候，他们就买回了一台，于是，我就去蹭看。

父母兄弟姐妹亲人一直都疏远他们，交往淡淡的，好像这辈子也无法再亲近了。偶然一次，男人的亲嫂子和他们打起来，两家打得不可开交，犹如世仇。

最近几年回家，发现他们家买了好几处宅基地，盖了几处房子，每一处都很敞亮，他们早就搬进了新房子。他们亲手盖起来的小房子终于空置了，被村子里收回了。偶尔路过，发现院子里长了很高的杂草，屋顶上也长满了杂草，随风摇摆。

后来有人把那个小房子推倒了，建了一个蔬菜大棚。

早嫁女

农村多有早嫁女，但也不会太过分，十九岁开始相亲，二十岁到了结婚年龄就差不多了，能领证了。谁都知道嫁人之后，生活就没那么容易了，能把女儿多留一年，也是好的。在重男轻女的基础上，也稍微为女儿着想一下。

得知这个女孩结婚的时候，我下巴都惊掉了。我们两家七拐八拐有点亲戚关系，虽然不太走动，但也见过。她父母都是残疾人，家徒四壁，因为是从山里搬出来的，一直没有入上当地的户口。

她还有个弟弟，需要办理学籍，没有户口，就只能旁听；没有户口，他们一家连一块最差的地都分不上。没有地，没有收入，怎么活呢？

只有她嫁人换取户口这一条路了。

虽然生在这样的人家，她却长了一张如花似玉的脸，身材高挑、皮肤白皙，眼睛水灵灵的，走在路上就像一道光引人注意。长得好看，脑子却不太灵光，没读过多少书。在山里老家上完三年级就回家跟父母种地了，父母通过远房亲戚，离家到此，借住了一间房，过起日子来。农村的房子，不愿意空着，有人愿意借住，反而能增加一些人气，是好事情。所以借房子不但免费，家里有什么家具也不搬走，留下给借房的人用，尽量给借住的人提供方便。

几口箱子，加上老房里的几个柜子，就成了他们家全部的家当。

她虚岁才十六岁，健康、漂亮、能干，给这个风雨飘摇的家撑着门面。

这样的生活是继续不下去了，于是有媒人上门了，介绍的是邻村的一个光棍，四十岁左右，黑瘦丑陋。这男的比她大了差不多二十岁，在当地这算是中下人家。不富裕，家族人丁寥落，长得也不行，但却比女方家条件好多了，有五间房子有地。村委会考虑到大龄青年的婚姻问题，承诺只要结婚就能给女方一家入户口。入户口，是男方家唯一可摆到桌面上的条件，就这一条，也足够了。

她十六岁结婚，十七岁生女。

结婚后，父母一家得到了户口。弟弟正式上学了，父母分到了地，随便种点什么也不会挨饿。男人也是老实人，经常帮忙干活，送些东西，娘家一家日子勉强过下去了。

结婚之后，我倒是经常看见她，大概是男人对她挺好的。她爱笑爱说，反倒开朗起来，也有了好衣服穿，随便打扮一下就光彩照人。男人种菜，据说不舍得她干活受累，就把菜收好，她负责在集市上卖。她规规矩矩卖菜，穿着集市上买来的那种款式时髦、做工粗糙的时装。辫子乌黑，皮肤白皙，身材也好，她在那儿摆个小摊子，整个灰扑扑的集市都亮堂了起来。人们都爱到她那里买菜，她爱笑，一笑起来有两个酒窝，也不缺斤短两，她的菜往往最先卖完。婆婆带着孩子来找她，她抱起孩子，买点零食，三个人回家。

我去赶集，经常看到她，不懂人生漫长，还羡慕她漂亮。

她娘家依然很穷，弟弟要上学，父母也没什么赚钱能力，于是她经常接济家里。她自己的生活其实并不富裕，种地卖菜的收入也只能维持生活，几乎没有剩余，何况没几年她就生了二胎。两个孩子，身后一个大家庭，家里唯一的劳动力渐渐露出老态，已经干不动力气活儿了。

大部分同龄人开始考虑结婚的时候，她的大女儿已经和她差不多高了。为了赚钱，她到工地上干活，做小工，每天累得灰头土脸，她也不再好看了。

还有一个是我同学，长得很可爱，圆乎乎的小脸，白白净净，一笑起来也有两个酒窝。她是抱养的孩子，养父母不生育，也没有瞒她。她家是镇上的，家里条件很好，住独立小院子，父母也有工作。她穿得比别人都漂亮，性格也挺好的，看见谁都笑眯眯的。上了初中后就开始谈恋爱，家里自然不同意，每每管束，她叛逆不听话。初中没上完，就跟恋爱对象私奔了，也不知找了多久，但始终没找到。她走后，养父母精气神儿都没了，小院子连门都很少开。每次路过我都觉得恍惚，好像隔着门叫她几声，马上就出来一起上学去了。

可是她不会出来了。

五六年后，她居然回来了，还带着一个孩子，这些年的遭遇她缄口不提。养父母帮她带孩子，她去校办工厂打工赚生活费。校办工厂是很小的工厂，工资非常低，但是她也没有别的选择了。曾经一起在这里上学的同学很多都考上中专、大专离开家了，她却灰头土脸地回来了。昔日的可爱早已荡然无存，眼里全是迷茫，看人都不聚焦，失去了往日的灵气。

不知道她选择在校办工厂打工，是不是对曾经无忧无虑的学生生涯怀有一些留恋？

早嫁是什么呢？如果真有命运的话，早嫁就是最差的命了吧。

酒叔

酒叔住的离我家不远，我总能看到他，跟着大家叫一声酒叔。大人背后提起来，似乎没人记得他的名字，只以酒鬼代之。我们小孩都叫他酒叔，其实他不喝酒的时候挺温和的。他个子矮矮的，脸圆圆的，说话温和，见了小孩就爱逗，手里有零食也会分给我们一点。

醉酒不但伤身，也误事，正正经经的庄稼人，怎么能总喝酒呢？

他有个厉害老婆，高壮泼辣。为了阻止他喝酒，他老婆把买回来的酒都扔出去摔碎。摔完了满院子都是酒气，狗都绕着走，草也不生。

后来，他就直接在外面喝完再回来。有一次，因为在外面喝酒，他老婆拿擀面杖追着他打了半条街。他个子矮，性格温吞吞的，跑起来也不快，被打得不轻。挨打归挨打，酒还是喝，经常醉酒耽误事儿。

酒叔最寻常的形象就是随时拎个酒瓶子，他好喝高度白酒。据说，早上起来就喝点，不然没法开始新的一天，干活没劲儿。

他把手里的钱都买酒喝了，所以老婆就不给他钱。他也有他的办法，去小卖店赊账。赊账到年底是要还的，老婆再怎么厉害，也是讲道理的，会替他还。

后来，他老婆给小卖店下了最后通牒，说如果再赊酒给他，就不还钱了。小卖店不敢再赊酒，他气恼得很。于是，他就到处帮人干活，帮东家掰玉米，帮西家收麦子。不由分说来了就干活，谁还能撵他不成？那太不像话，于是就客气加热情，一定要请到家里吃顿饭。他也不挑，吃什么都行，但一定要有酒。酒一喝上，肯定就喝多，晕晕乎乎间天不怕地不怕，跟平日判若两人。喝醉后，他要做的第一件事就是把小卖店砸了——谁让你不赊酒！

小卖店无缘无故被砸了，老板娘一肚子闷气，跟谁说理去？只能先想方设法把他弄回家。家人将他扔在堂屋地

上睡一夜，第二天他酒醒了，又恢复了老实人的样子，见
谁都笑眯眯的。吃完早饭，骑上自行车驮了一袋麦子去了
镇上，回来将一沓钱交给小卖店老板娘，赔笑道歉，自嘲
酒后无德，请求原谅。都是乡里乡亲的，谁还能怎么样，

酒叔喝了一辈子酒，人生的最后一刻，喝的却都是水。

老板娘收下赔偿，将被砸坏的东西修修换换，生意照常做。

　　因为砸了小卖店，又卖了自家粮食，被家人嫌弃，酒叔消停了几天。那些天，他脸也不红了，走路也不歪了，手里也不提着酒瓶走几步喝一口了，他勤勤恳恳去地里干活，比谁都卖力，见了谁都打招呼。

　　大家都说，这次应该真的不喝酒了，终于回归正常了。

　　没过几天，有人家娶亲，很多人都去帮忙，酒叔也去了。主人家为了答谢乡亲们，专门摆了一桌酒席。知道他嗜酒，但也没法拦着。人家帮忙了，酒都不让喝？没道理。于是，酒叔喝了个够，没半顿饭的工夫就喝了一瓶，别人还在吃饭，他站起来晃悠悠走了。

　　大家以为他喝多了回家睡觉去了，谁知道他又来到小卖店，质问老板娘为啥不卖酒给他，为啥不赊账。老板娘一头雾水，心想你不是闹过一次了吗？这之后你也没来赊酒买酒啊。

　　他哪里肯听，越说越气，最后把自己都气哭了，说小卖店就是欺负他老实才酒也不卖，账也不赊。三下五除二，他又把小卖店给砸了。

　　发泄完了他就回家了，老板娘哭着找到他家，要求赔偿，否则就报警。他家人说了很多好话，赔了钱。

　　第二天，酒叔清醒过来，到小卖店赔礼道歉，人家把门关了，不给开，他悻悻而归。回到家，发现堂屋锁了门，他的被褥都被扔到了厢房里。他也没啥意见，收拾收拾就在厢房住下了。从此，他再也没有回到堂屋住。家里吃饭也不等他，他回来赶上了就一起吃，错过了就自己去厨房找点吃的。饥一顿饱一顿，他也不在乎。

　　这之后酒叔喝酒就更难了，家里是一点指望都没有了。他去谁家谁家就把酒藏起来，要是他喝多了再去砸小卖店，自己要不要负责任？或者他老婆找过来骂街，也不敢还嘴，不是平白挨骂吗？

　　那些日子酒叔孤零零的，佝偻了许多。秋天的时候，他走在街上，身后的叶子纷纷落下来，他好像也成了一片树叶。他很久没有喝酒了，小卖店不可能赊酒给他，他也没有钱，粮食也被老婆锁起来了。秋天正是农忙的时候，也没有人家办喜事，他连帮忙混酒的机会都没有。于是，他放下家里的农活，又到别人家帮忙收秋。他很有力气，干活也卖力，能帮人家干很多活儿。他干了那么多活儿，主人家饭点还能不管一顿饭？

　　于是，酒叔又有酒喝了，他什么要求也没有，不吃菜不吃饭都行，但是无论在哪里吃饭，一定要有酒。

　　他在谁家喝酒谁家就很忐忑，要一直把他送回去，因为他半路总会拐到小卖店去。小卖店老板娘也有经验了，看见他歪歪斜斜走来，马上关门挂门板，插了门，生意不做了，一个醉鬼，谁也惹不起。他在外面砸一阵，骂骂咧咧委委屈屈，还是那套说辞，为什么不赊酒给他，为什么欺负人……

有一次，酒叔喝多了又去小卖店砸门，砸累了就睡在了小卖店门口。几个人七手八脚把他抬回去，放在了厢房的炕上。

家里千防万防也难防，一日终于让酒叔找到了机会——堂屋的门没锁，家里也没人。堂屋一共三间，一间是他老婆睡，一间做厨房，一间是俩女儿睡。女儿出嫁后，这个房间就放了粮食。酒叔从容走进去，搬了一袋花生出来，放在自行车后架上，飞也似的到镇上卖了。花生比玉米贵，这一袋花生卖的钱足够他喝好多日子的酒了。村子里的小卖店不接待他，他就直接从镇上搬了一箱酒用自行车驮回来。

等他老婆发现的时候，那箱藏在厢房的酒都喝了半箱。被发现后，他也不藏着掖着了，每天大大方方喝酒。有了酒，日子又有了滋味儿，他又开始拎着酒瓶子出现在街上。脸上红彤彤的，走路歪歪斜斜的，口袋里装着些散的卤花生米，走一步喝一口，吃一粒花生米。

给小麦打最后一遍冻水的时候，他拎着一瓶酒去地里浇地，看着水流得很好，就坐在垄沟边喝酒。不用下酒菜，不用酒杯，一瓶白酒仰头喝。没一会儿工夫，一瓶酒喝完了。他晕乎乎站起来，想去看看畦口，忽然脚下一歪，一头扎进了垄沟里。垄沟很窄，水流也有限，很小的孩子都能从容地从这边跳到那边，但是他挣扎不起来了，就这么栽在小小的垄沟里，慢慢地放弃了挣扎。

　　等有人发现叫来他家人的时候，他已经淹死多时，脸朝下趴在垄沟里，水还兀自流着，畦口已经冲破，水跑得到处都是。

　　酒叔喝了一辈子酒，人生的最后一刻，喝的却都是水。

屠夫

过年的时候，家家都要买些肉存着，杀猪杀羊的生意人，此时是最忙碌的。村子里唯一一位屠户家里往往挤满了人，而屠夫每天凌晨就起来杀猪。

冬天的凌晨，房檐上挂着冰，天空上挂着几颗冰冷的寒星，他老婆负责烧好一大锅热水。锅很大，架在院子里，火苗舔舐着锅底，水滚开，热气腾空而起，整个院子都笼罩在一片雾气里，屠夫在这样的雾气里拉过一头猪。猪的四蹄已经捆结实，以防逃跑，因为冷，这一晚它们都缩成一团，雪地里赫然印出半个猪的印子。

他随意拉过一头，猪好像意识到要发生什么，凄厉惨叫，声音嘶哑，哀哀戚戚。半个村庄的人都被这凄厉的喊叫声惊醒，翻个身，再沉沉睡去。

猪被摁在猪案上，一刀毙命，刀抽出来，鲜血流淌进准备好的盆子里。放完血，烫毛，水一直滚开着，热气给这冰冷凄厉的夜色添加一丝温柔。接着取内脏，整猪劈成两半，挂起来，一气呵成。

天亮后，买肉的就上门了，也有人把那盆猪血买了做成血豆腐，酸菜豆腐炖一锅，热热乎乎，也算荤素搭配。

过年了，家家户户都需要选大块大块的肉，也都想选个好地方，比如后臀尖、后颈肉，屠夫不停地割肉、包肉，身上冒着一层油汗，又不时被冷风吹去。他割肉手法麻利，如果割错了，买肉的嘟囔一声，他也不给换。买肉的只好提着肉走了，走一路抱怨一路，看见人就申诉一下："你看看，我想要一块后臀尖，给我割一块五花肉，真是的……"听的人也附和："这也太过分了，不过五花肉也好吃，凑合凑合吧。"一转身，这人也进了屠夫的院子。

有一年，都到腊月二十九了，我家都还没有办年货。再不办年货就没法过年了，于是我妈就去买了两斤肉。不能多，只要二斤，不然没钱给，也不敢赊账，因为屠夫太凶，不敢开口赊。屠夫面无表情，割了一小条肉扔在案板上，扔得力气大了些，也或者是这条肉太轻了，失去了控制，肉蹦跳了一下滑到我妈面前。

我妈拿起那块不多不少二斤的肉，哪里还在意屠夫的态度，这块肉能在付得起钱的范围内，不必丢人已经谢天谢地了，不然他割了三斤怎么办？大过年的割三斤肉，你能说麻烦你再割下去一斤？那样，搞不好人家就不卖给你了。

屠夫儿女双全，生活富裕，不知道为什么总是一脸愁苦，从来不笑。杀猪杀羊对他来说，不像是工作，倒像是为了发泄对生活的不满，总是透着一股不耐烦和狠辣。

他好像也没那么难交往，谁家过年打算自己杀一头猪的话，请他去一趟就是，好酒好菜管一顿杀猪饭，也不用付工钱。

如果有需要，他也杀牛杀马。有一年村子里有马车出了车祸，死了车老板。这样的马有了劣迹，也不敢要了，家人就牵到他这里卖。一匹马几百斤，他也有办法一刀致命。杀什么都得一刀毙命，否则为了活命，它们会拼尽全力挣扎。如果一下不死，哪怕是鸡这样的小动物，也能在死前把血溅得到处都是，何况牛马猪羊。

马肉卖得并不贵，早上杀完就卖开了。因为马肉不是他的主要生意，卖得很便宜，我们家也去买了两斤。那天轮到我做饭，家里人都在地里干活。灶台太高，我还有点够不到锅底。马肉一丝一丝的，纹理粗糙，我把两斤肉切成片，锅烧热放油，把肉放进去炒了炒。因为够不到底，总是翻搅不到位，所以肉炒煳了我才把芹菜放进去。吃的时候没啥滋味，那是第一次吃马肉，也是最后一次。

　　屠夫也杀牛，牛是耕牛，传说有灵性，一般人不喜欢杀牛，但是他无所谓。有人请他去家里杀也行，卖给他也行，他再卖肉。牛老了，卖给他，他杀了卖肉，一头牛比两头猪还沉。据说杀牛的时候，牛会流泪，心软的人干不了这个。他对牲畜的凄厉叫声无感，对眼泪更无感了。一刀下去，鲜血喷涌，牛久久不闭眼睛，一滴泪慢慢从脸上垂下来。

　　我听到这个过程，心里替牛难受，十分讨厌这个人，上学绕路走，绝不路过他家。

　　讨厌他还有一个原因，我怕他。

　　这个人不知道是因为性格暴虐才做了屠夫的营生，还是因为做了屠夫之后变得性格暴虐，总之，谁都知道这种人不能惹——他蛮横，并且手里有刀。这把尖刀锋利无比，闪闪发光，是经过了多少牲畜的鲜血浸泡而养成的，因此寒光凛凛。

　　很小的时候看他杀猪杀羊，身上整日都油光光的，似乎从来不搓洗衣服。他随时拎着刀，不是在杀猪杀羊就是在剔肉，脸上从来就没有过表情。别人要多少肉，他转身去挂着的半扇猪身上割下来，"啪"一下扔在案板上，称一称，报个数，用草纸或者报纸包一下，扯一根麻绳绕几圈，向前一扔。人家付了钱，拎起肉就走了，双方话不多说。

在普遍都穷的二十世纪八十年代，屠户家是很富裕的。家里吃得好，一家人都胖，再者闲钱多，电视机洗衣机总能比别人买得早。杀猪也没有竞争对手，一般人干不了这个行当，杀猪一直是他的垄断生意。

家人都怕他怕得要死，他老婆长得丑，人也笨，饭菜做得不好吃，常常被他打得鬼叫。他老婆身上新伤加旧伤，每天像陀螺一样干活，缄默不语，什么话都不说，不参与卖肉，也不参与收钱。他唯一对儿子温柔些，女儿长大后，也常常带伤，都说他早把女儿打傻了，脑子不行了。脑子不行了，干活就不行，没眼力见儿。有一次，他还把女儿打昏了，再后来他女儿就失踪了，报了警也一直没找到。

那些年，他常常正在杀猪，忽然警察上门了，让他去某某地认尸，哪里发现年轻的无名女尸警察都请他去认一下。他慌慌张张地扔下杀猪刀就跟警察走，脸上依然没有表情，但是手一直抖。

后来，听说是认到了，衣服很像，也不知道是怎么死的，拉回来就葬了，哭了一场。他老婆经过这件事，似乎也傻了，整天痴呆呆的。他老婆不再干活，天天痴痴坐着，他早上杀猪的时候，水也没人烧了，杂活也没人干了。他的儿子结了婚，走得远远的，也不回家。他一个人做所有的事，累得佝偻着，人也变形了，不再胖，形销骨立的。

七八年后，她的女儿忽然回来了，抱着一个孩子。不知道他是惊喜还是害怕，情绪波动太厉害，脑血栓了。

从此，村子里没人杀猪了。慢慢的，过年也没人囤猪肉了。超市过年不关门，什么时候想吃随时可以买，不必买一堆存着。

逐花人

花一开，蝴蝶蜜蜂就多起来。蝴蝶好看又无害，有闲心还可以追着扑一下，抓到了就捏着翅膀到处显摆。蝴蝶的翅膀花纹精致，对称成纹。有一种蝴蝶，翅膀还会掉粉，纤巧美丽。

蜜蜂就不同了，蜜蜂飞过来，我们吓得马上抱头逃走。蜜蜂这种小东西，它如果被侵犯到，就会舍命对抗，蜇你一下子，很疼，尖利地疼。蜜蜂蜇完人就活不成了，每次在路上看到踽踽爬行的蜜蜂，就知道这家伙跟人拼命了。据

空旷无人的野地里，有了这一家人和几箱蜜蜂让人安心。

逐花而居，生活如蜜，真好！

说蜜蜂蜇人的刺针与内脏器官相连，刺针尖端带有倒钩，蜇人后刺针会倒钩在人的皮肤里，拔针时会将内脏拉坏，因此蜜蜂蜇人后内脏就被自己的钩子拉坏了，爬行一会儿就会死去。

这未免太惨烈了，不去招惹蜜蜂，是对自己的保护，也是对蜜蜂的保护。这么不要命的小东西，惹不起。它的同族马蜂就不一样了，马蜂的钩子可以反复蜇人，而且刺人更疼。马蜂不会酿蜜，我们都不喜欢马蜂，却无能为力，见了马蜂窝都躲得远远的。

这样一比较，蜜蜂就可爱多了。

蜜蜂不如蝴蝶好看，也不如蝴蝶好玩，但是蜜蜂比蝴蝶有用，人类喜欢蜂蜜，说它们是辛劳的小蜜蜂，不停酿蜜给人吃。

村子里有一家养蜜蜂的。有时候我被大人派去他家买蜂蜜，每次都溜着墙边走进去，生怕惊动了蜜蜂，全体扑过来蜇我。又忍不住看，蜜蜂太神奇了，小小的一只，居然能酿这么甜的蜜，就想看看它们是怎么生活、怎么酿蜜的。

蜂箱都在后院，一排排的，天气暖和的时候，蜜蜂飞进飞出，蜂巢上全是密密麻麻的小孔。我是密集恐惧症患者，看到这个就心情烦躁。

养蜂人穿着长袖衣服，头上戴着有垂帘的帽子，自如地走过蜂箱，照顾小蜜蜂。冬天，蜜蜂们不出门了，养蜂人会喂给它们一些蜂蜜或者白糖，蒸熟的花粉。

春天是蜜蜂的好时候，也是养蜂人的好时候，养蜂人带着他们的蜜蜂去追逐花朵。天南海北，每日生活在花丛中，听起来浪漫又美好。其实养蜂人的生活并不轻松，我亲眼见他们带着帐篷，拉着车子，车上是一箱箱的蜜蜂和生活用品。他们虽然生活在花丛中，但是始终居无定所。中国地大物博，我们这里还天寒地冻的时候，南方的花已经开了。他们长途跋涉，沿着春风的路线去追逐鲜花，常年无法安定，生活动荡漂泊。

春天槐花开时，也有外地的养蜂人会来。他们带着帐篷，简单的生活用品，安顿下来之后，蜜蜂就开始采蜜了。天气晴和，暖风如醉，蜜蜂们都在忙着，"嗡嗡嗡"一刻也停不下来。

我们躲避着蜜蜂，也好奇外乡人的简短生活，会在远处观望。他们在村子外面安营扎寨，支起帐篷，摆开蜂箱，空地上用砖头支起锅灶点火做饭。每日晨昏，炊烟就在铺天盖地的花田里升起。那空旷无人的野地里，有了这一家人和几箱蜜蜂，好像就不可怕了，让人安心。

逐花而居，生活如蜜，真好！

　　我妈说，他们其实很辛苦，常年都在外乡奔波，没有看起来那样轻松，所以我们每次买蜜，都给足足的钱，不去讨价还价。

　　后来这个养蜂人岁数大了，不怎么带着蜜蜂去逐花了。就在家乡酿蜜，春天第一个开的是槐花，六月开的是枣花，他带着他的蜜蜂们主要采这两种花……家里没有蜜了，我就带着瓶子去他家买，槐花蜜、枣花蜜，蜂蜜纯净清甜。后来，我去外面上班，每次回家，我妈就让我爸给我买一瓶带走。

　　养蜂人老了，但是花开依旧，蜜仍然甜。

磨剪子·戗菜刀

农闲的时候，街巷里就会响彻手艺人的吆喝，其中最抑扬顿挫的要数磨剪子的和修理钢精锅的了。

磨剪子的人挑着担子，一头放着磨刀石，一头放置条凳。他们的吆喝声嘹亮，又带韵味："磨剪子咪，戗菜刀——"戗发一声，菜发三声，声音拉得很长很长，像孔雀拖着一个大尾巴。人和担子都走到巷口了，声音还在后面飘着，久久不散，像地方戏曲，有专门的调调。

剪子和菜刀都是每天需要的工具，

容易钝，钝了就耐心等待磨刀人来。听到这个声音，拎着
剪子菜刀出门去追："哎哎，磨刀的，站一下。"

　　这可能是唯一一个合理合法拎着菜刀和剪子追人的
场景。

　　有生意来，磨刀人站定，找个宽敞的地方卸下担子，
摆开工具——无非就是磨刀石和条凳，非常简单。但是这
个手艺并不简单。我们家也有一块磨刀石，很小一条，磨
不好，只能临时磨一下，锋利不到一天就会败下来。磨刀
人的石头大，是灰色粘制砂岩石。因为常年使用，磨刀石
腰已经弯了，中间凹进一大块。他将石头拿出来，喷一点
儿水，就开始磨。"蹭啦，蹭啦，蹭啦"，清水逐渐混浊
起来，变成了灰色的汁水从条凳上流下来，刀刃的戒备都
被磨掉了，露出内心，渐渐轻薄，重新变得锋利起来。磨
刀人磨出的刀刃锋利耐用，可持续用一年。

　　磨到一定程度，磨刀人将拇指向刀刃滑一下，检验一
下锋利程度，这个过程总是让我提心吊胆，害怕他被自己
磨出的利刃割伤。

　　也有人家会拿着镰刀出来磨，收麦的时候镰刀出了大
力，变钝了，下一场麦收无法发挥其全部潜能，需要磨一磨，
激发一下它的潜能。

　　一把刀的潜能，其实是无限的，只要有磨刀人在，它

们永远不会被淘汰。

一圈人各自拎着刀具，围在磨刀人周围等着。等的人天南海北地吹牛，磨刀人慢慢悠悠骑坐在他的条凳上一边磨一边也跟着吹牛。磨一把刀，能梳理一遍世界格局。

修理钢精锅的人也有特别的吆喝调，特点是短促、有力量，收尾干脆："修理钢精锅，水壶换底！"然后"噹啷"一声，敲一下手里的铝锅，绝不拖泥带水，声音收梢清脆。

敲一下锅的动作，很有以物言物的意思，顾客一目了然，声音也更大更震撼。他们一般不会中午来，怕吵醒睡午觉的人。

我家有一个烧水壶，那种黑色的提梁大水壶，肚子圆滚滚的、沉甸甸的，也不知道用了多少年。后来铁壶的底薄了，开始漏水，我妈让我拎着去找修锅的人修一修。修锅的人和修鞋的很像，带个小马扎，坐着，戴着套袖，工具繁多，"丁零当啷"。修锅需要的时间久，我没有什么可吹的牛，于是我放在那里就走了，等他快修完了再去拿锅给钱。有时候忘了拿也没事，他第二天还会来。来一个村子，就会一直把这个村子的生意做完了再去下一处，忘了拿回去的锅、水壶他都带着，一一送还，送货收钱。

我家那个水壶换了一个底，五块钱，又能一直用下去了。水壶底换得很好，我妈又找出瘪了的铝锅，摔坏盖的蒸锅一并修了。

修锅人和磨刀人的吆喝声是街巷里的音符，一地寂寞的时节，他们总能唤醒沉睡的生活热情，唤起你修补生活用品微小错漏的念头。

他们是手艺人，赚小钱，却细水长流，安安稳稳，自由自在。除了时间，谁能禁锢一个走街串巷的手艺人呢？他们过着诗一样的日子。

也带着蛊惑。

有一年，磨剪子的人总来，停留在村子的空地中央。他是老磨刀人的儿子，二十多岁，长得精壮，爱说爱笑。一个新嫁过来的年轻媳妇经常来磨刀聊天，他男人瘦小干枯，她是换亲来的，感情不好。后来都传说年轻媳妇跟磨刀人好上了，要么为啥磨刀人三天两头往这个村子里跑？年轻媳妇每次都去磨刀，她家里哪来的那么多刀具剪子？

这个流言传到她男人耳里，他气得跳脚。他人虽然瘦，力气却大，将房门锁了，摁住媳妇狠狠揍了一顿。媳妇鬼哭狼嚎，半个村子都听到了。大概是打得很重，养了半个多月，伤好了之后就失踪。磨剪子的人再也没来过，有人说俩人私奔了。

男的因为是换亲，他去丈母娘家闹了几次，想把妹妹领回家。谁知道他妹妹日子过得挺好，不愿意回来，他鸡

曾经，东西坏了修；现在，
东西坏了扔。生活如此便
捷，便捷到少了一些故事。

飞蛋打，打媳妇也坏了名声，后半生也没娶上老婆，一直一个人。

不知道从何时起，这些人在街巷里消失了，没人需要磨菜刀，换水壶底了，没人再去注意巷子的寂寞，手机、电视机填充了所有空白的时间。

曾经，东西坏了修；现在，东西坏了扔。生活如此便捷，便捷到少了一些故事。

味道：食物事

味蕾是一个动词，
带领我们一路走向来处

大碴粥

玉米虽不是主食，但是不可或缺。玉米各种吃法中，我的最爱，一定是大碴粥。

将当年的新玉米磨碎，不能太碎，一粒玉米碾成二三小粒，成玉米渣，锅里放水熬煮。玉米渣大，不爱熟，需大柴久煮，粗木柴放进去两三根，架起来，不用管了，慢慢烧。火苗舔舐着锅底，一直等大柴都烧透了，锅里"咕嘟嘟"不绝，汤汁渐渐黏稠起来，浓郁的香气已经飘满了屋子。停火，盛一碗，黏稠软烂，金黄诱人。大楂粥太费火了，做一锅粥需要半天时间，所以一个冬天也吃不了两回，便也成了格外珍惜的美味。与之相配的，不需大菜硬菜，一碟咸菜就好，大楂粥的最佳拍档，是韭花。

韭花的香也浓郁，大楂粥的香也浓郁，它们如此契合却又如此不同，互相成全。

每到深秋，韭菜已经老得不成样子，吃到嘴里已有苦味，于是就没有人再去收割。等一段时间，它衰老的身躯

冬天没有什么活儿，日日想着弄吃的，洗一碗大楂子，灶下架几根粗木柴，从下午一直煮到晚上。

上就会探出一根葶子，上面开着碎米一样的白色的韭花。主妇们把一大朵一大朵的韭花摘下来洗净捣成酱，配辣椒、食盐、生姜，放进密封的瓷坛里数日，再打开就成了鲜美的韭花酱。韭花的味道和韭菜一样霸道，味道直冲数米，但是韭花更鲜香。没有火锅的年月，韭花是大糁粥的绝配。大糁粥一定要熬半夜那种，慢火小煮，熟烂黏稠。挖一点韭花放上去，一种香挑动另一种香，滋味丰富，又鲜又糯，无可比拟。二者结合，一齐入口，香到神飞。

煮大糁粥要很闲的时节，最好是冬天的午后。冬天没有什么活儿，日日想着弄吃的，洗一碗大糁子，慢慢熬煮大半天之后，灶下架几根粗木柴，从下午一直煮到晚上。暮色笼罩，雪和月亮都格外亮起来，各家炊烟飘起，散在天空，家家关门吃饭。饭点，狗都不爱叫了，埋头吃剩饭。

天黑的早，电灯的昏黄光晕下，大糁粥上桌了。外面天寒地冻，餐桌上热气腾腾，舀一小勺韭花酱在浮面上一起吃下去，口齿生香。玉米的鲜香甜香与韭花的清香浓郁，在口腔里混杂在一起，互相融合又互相成全，鲜香美味，直冲心底。

后来，搬家后入乡随俗，新故乡的人们喜欢把玉米碾成糁子吃粥，糁子粥精细，开锅即熟，配馒头绝佳。没有那个环境，我们家也很少吃大糁粥了，竟渐渐忘记了。

有一年冬天，有个走乡串户的小贩开始卖大楂粥，我们猜他是关外人，知道有人会好这一口儿。他的声音飘散在北风中，吆喝声拉得很长，很散："卖大楂粥啊，大楂粥！"我立刻觉得浑身血液奔流，记忆帷幕如被掀起。寒风肆虐中，我端着碗冲出去，叫住那个小贩买了一碗。也没准备韭花，简简单单吃下去，那浓郁的香，又回来了，满室都飘着记忆中的味道。

那个小贩每天傍晚都来卖粥，他有一个大桶，保温做得挺好。桶内满满的粥，谁来买时，小贩掀开沉重的木盖子，用木勺舀两勺放到你的容器里。给了钱，飞一样回家，慢了粥就凉了。

我弟弟是搬家之后生的，所以他不爱吃这个。

一方水土，一方口味，实在是神奇。

井拔凉

我开始以为，井拔凉应该是廊坊方言，我在别处没有听说过这种叫法，所以我们说的井拔凉，谁都知道指的是盛夏的一碗凉面。后来看了汪曾祺的书，他在《随遇而安》中写到延庆的山里，夏天爱吃酸饭，把好好的饭捂酸了，用井拔凉水一和，呼呼地就下了三碗。

井拔凉指的是水，从井里压上来的，纯粹清凉的地下水。

延庆是北京的郊区，距离我的家乡不远，或许是同一水脉也说不定，所以关于井拔凉，虽然用法不一样，水却是相似的。

我们生活在廊坊，老廊坊人口中的井拔凉是面，井拔凉也仅限于盛夏暑天的特殊时期。

曾经的盛夏，乡下没有任何乘凉设备。三伏天非常热，爸爸光着膀子干活，后背总是晒脱一层皮，妈妈的脸也总是黑黑的，汗水湿透了一层又一层衣服。这样的时节，太热了，热得吃不下饭。如何缓解暑热，吃得凉爽一些解决食欲问题，就成了重中之重。

曾经的华北平原，以面食为主，标配主食是馒头，家家蒸馒头都会蒸一大锅，放起来慢慢吃。每顿饭热几个，没了再蒸，家里从来不会缺馒头。偶尔改善伙食，烙饼。烙饼也会烙很多，小时候除了年节几乎不吃米饭。夏天的时候，标配午饭是打卤面，高配版打卤面就是井拔凉了，本地俗称"吃冷汤"。

没有冰箱的时代，井拔凉面已经是最凉爽的伙食了，每天中午家家吃凉面。

我妈和面，和这个面很累人，因为要加一些盐和碱，使面条更有韧性。有韧性的面团很难揉，女人力气有限，需要用全身力气来对付它。我妈和面、擀面，往往汗流浃背，面团揉好了先醒一下再擀。醒面的同时准备面上的浇头，打卤和切菜码。

　　面醒好了，切成小块，一块块擀成面片，擀成薄薄的面片，叠起来，手起刀落，切成面条。面条越长越好，切好的面条，手一抖，又长又弹，这才是好面。技术不好的话，面条都切碎了，不筋道，吃起来也不过瘾。擀面条又是耗费巨大体力的过程，面越硬擀出来的面条越好吃，但是面越硬越难擀开。

　　我爸压水，或者派一个孩子去。天太热，井里的水也晒温了，压水的人又累又热。压出来的水，一桶又一桶，也不珍惜，都直接倒在院子里。热浪与凉水相遇，一股白烟升腾而起。院子里均匀倒满了水，热浪似乎也被压下去一些，空气中有凉凉的小水珠飞舞，能凉爽一个中午。

　　直到压上来的水冰凉沁凉，才装满桶提进房间。

　　此时面条煮好了，捞出来，过一遍这刚压上来的凉水，最好是连续浸泡两遍，两遍的水都倒出来之后，再浸泡一遍。热面条遇到凉井水，面条通体都变凉了，三遍井水过后，已经凉到和井水一个温度。一人捞一大碗，浇上各种卤和菜码，简单搅拌，找个地方去吃，鲜香凉爽。大伏天吃上一碗，能爽一个跟头。

　　有的人吃得飞快，那边全家人的面还没有捞完，他这边已经吃完一碗，去回碗了。最著名的传说，一个十八岁的年轻人，连续吃了十八碗面。

热面条遇到凉井水，鲜香凉爽。大伏天吃上一碗，能爽一个跟头。

　　桶里留半桶水，拿一个西瓜扔进去，等午睡起来吃，西瓜汁水饱满，沁凉清甜，吃一口，满身的燥热就消了。

　　家家中午都吃打卤面。手擀面条很费体力，我小时候体弱，力气小，擀不动，从来也没有成功做过一次手擀面。

　　凉面好不好吃，还有一个决定因素，就是卤，凉面也叫打卤面。哪一种卤更好吃，或者更普遍，确实没有。在我们这儿，万物皆可做卤，谁会局限于吃什么卤呢？

　　最常见的卤是西红柿鸡蛋，多放一点盐，卤本来就是要咸一些。有时候也炸酱，用肉炸或者用鸡蛋炸，也有用茄子肉丁打卤的。卤是主要内容，准备好之后，再喊一个孩子过来调一碗芝麻酱，院子里摘两根黄瓜、一把豆角。黄瓜切丝装盘，豆角切碎段，放开水里焯熟，捞出来过凉水，那碧绿碧绿的豆角煞是好看。如果有条件，再焯一些绿豆芽，同样过凉水装盘。炸一些花椒油，一勺植物油烧热淋在小碗里的花椒粒上，很多人吃面爱吃这个。还有蒜，剥好捣成汁备用。菜码丰富，清爽，黄瓜丝、豆角碧绿、豆芽、蒜洁白，西红柿卤红艳艳，看着就诱人。

　　北京炸酱面讲究是一桌子卤和菜码，几十种，肉丁卤、炸酱、茄丁、豆芽、火腿丁……奢侈豪华，但是农家日子紧张，不讲究这些，有一样就吃一顿饭。

　　芝麻酱或者芝麻盐一定要有一种，奢侈一点儿，二者都上桌，这顿面条的滋味就更香了。芝麻酱加水调匀，一个方向慢慢搅拌就好，搅好后泛白、黏稠。芝麻盐是将白芝麻炒熟凉凉，用擀面杖擀成碎面子，放一点盐，吃面的时候撒一小勺浇在面上，芝麻盐是最香的。

菜码随意，但必不可少黄瓜和豇豆。豇豆很能长，种一架就够吃一夏天。架子上慢慢都垂着豆角，摘了一茬又一茬，豇豆又长，几根就够一盘。我们这里种豇豆，不拿它当主菜吃，所以豇豆普遍的吃法，就是做凉面时的菜码。

三伏天吃面条，平常日子吃馒头，一日三餐大体就是这些，但做好也并不容易。做饭都是女人的分内事，男人都不插手。面条擀好需要体力和耐力，盐放多少，碱放多少，放多了面发黄，还揉不开；放少了面条易糟了，一煮一捞一过水，成一锅粥，不好吃不说，丢人现眼，是为大忌。馒头也一样，发面后，碱要用得适中，碱少了，馒头酸；碱多了，馒头又硬又黄，没法吃。

我们小时候，婆婆检验新媳妇合格不合格的标准，就是冬天做馒头，夏天擀面条，不许别人帮忙，让新媳妇一个人做。憨厚的婆婆见媳妇有步骤不会做了，会教一下，不怀好意想打压媳妇的婆婆，就冷眼旁观，绝不会去教。

我们村有一个新媳妇，因为不会擀面条，在婆婆的目光逼视下，窘得大哭。事情传开去，人们唏嘘一片，但并

　　不同情。倒是有女儿的人家，立刻意识到了危机，急忙教会女儿这些基本的做饭本领，免得日后遇到一个恶婆婆，被婆婆逼迫难堪。

　　谁知道，没过几年面条机就横空出世，人人都能做面条了。

饽饽篮子

放学之后，对我们来说最有吸引力的就是饽饽篮子，饽饽应是满语，因为距离北京太近，我们反倒有一些方言是满语留下来的。

放学之后最大的感受就是饿，最后一节课，已经饿到肚子咕咕叫。冬天还好，天黑早，回到家，家里已经生火做饭了。如果是夏天，放学时太阳还老高，大人在地里干活都还没回来。饥肠辘辘奔回去，第一件事就是找吃的。

大人没在家，门是锁着的，最神气

的小孩是脖子上挂着钥匙的，他们轻松打开门锁，优雅地回到家，找东西吃。这类小孩不但拥有带钥匙的权利，家里往往还很富有。他们回家拿出的食物不是桃酥就是蜂蜜糕，那是我们穷小孩连过年都不能敞开吃的美味，所以这种小孩是受拥护的，他们高兴了能分你一口好吃的。还有一种小孩很幸运，家里有爷爷奶奶，或者爷爷奶奶就住隔壁。老人是不用到地里干活的，所以他们回家后，老人马上就会准备吃的，馒头要烤一烤，煮一个鸡蛋什么的，吃得又体面又从容。

其余的小孩就要各显神通了。有的家里墙矮，男孩子们助跑一下，"噌"的一下就上了墙，跳墙就进去了。屋门如果也锁了，也不怕，还可以钻窗户。有的人家门槛是活动的，小孩卸下门槛从大门下面的缝隙钻进去。有的人家知道孩子会老早回来，干脆把锁虚锁着，一摘就摘下来了。无论以什么样的方式进了屋，目的都只有一个——直奔饽饽篮子。

我们这里习惯在厨房的房梁上吊一根绳，绳子下端有钩，一个柳编篮子就钩在钩子上，晃晃悠悠，专门放干粮。蒸了馒头烙了饼，一顿肯定是吃不完的，放在篮子里下顿热了吃，为防尘土，篮子里盖一块布，家家都这样放。放学回家进门，来到厨房，一举手将篮子摘下来，摸出馒头，一掰两半。再到柜子里去找菜什么的，有酱就馒头蘸酱，有咸菜就用掰开的馒头夹几根咸菜。奢侈的吃法是打开白糖罐子，用勺子挖几勺白糖夹在馒头中间，大口大口吃进去，甘甜。

如果篮子里剩的是烙饼，最好配小葱。跳进菜园子，拔几棵葱，剥一剥，左手大饼右手葱，左边一口右边一口。

家家户户的篮子里随时都有馒头或者大饼。我们这个地方，曾经很少吃大米，大米需要去买，又贵，但是面粉是现成的，自己小麦磨面，所以主食就是面。面食花样也不多，一日三餐十分固定，早上是玉米粥加馒头，中午是馒头加炒菜，晚上又是馒头加玉米粥。馒头是日日必备的主食，偶尔改善一下，就用大饼代替，大饼也会烙一大摞，能吃好几天。

所以家里从不缺干粮，饿了便去篮子里找，总会有东西吃。

拿着馒头冲出去找同学玩，大家上课在一处，放学也一处玩，不高兴了就打架，打完了一会儿就和好。大人也不管，随我们打，输赢随意，输了自己哭一顿，也没人安慰。

渴了去水井压点水，这边压一下猛的，然后飞快冲到出水口，用嘴去接未断流的那点水喝下去。这个动作要快，你跑慢了，那一下水就白压了，早流完了，讲究的就是速度，要冲在水断流之前凑上去喝。

小时候的馒头是很甜的，每家的妈妈都是蒸馒头的高手。如果吃得仔细，你能感受到馒头一层又一层的纹理和层次。自己发面做的馒头，也不暄，很瓷实，面香味十足，吃一个就饱了。

红白喜事，大宴小宴，主食必然都是馒头。主家请来村子里蒸馒头的高手，揉面团的时候，要一层一层揉，最后揉成一个圆圆的馒头形状，这样蒸出来才有层次。宴席上，一筐一筐的大白馒头，软硬适度，麦香隐隐，一辈子也吃不够。

我们家人多，一锅馒头吃一两天就没了，也怪难为我妈的，蒸馒头很费时间精力，所以她有时候就用一餐面条或者别的代替，所以我们家篮子里经常是空的。回家把手伸进篮子一摸，空的，心里凉了半截，感觉更饿了。火速跑到姥姥家，姥姥家人少，粮食充足，篮子里随时是满满的。

我去她家："姥姥，给我一个包子吃。"不知为啥我们乡下管馒头叫包子，包子叫馅包子，这几年才改过来，馒头包子各归其位。

姥姥唠唠叨叨给我拿半个，也不管她说什么，拿到就行，然后跳进小菜园子里拔几棵小葱夹在馒头里吃，有滋有味。

篮子吊在房梁上，放学进门到厨房，一举手将篮子摘下来，摸出馒头，挖几勺白糖夹在馒头中间，大口大口吃进去，甘甜。

　　有一次，我家里吃饺子，吃一顿饺子几乎是过节的待遇。饺子剩了一些，我妈为了防止我们偷吃，没有放在篮子里，而是放在盆子里，把盆放在很高的柜子上，用盖盖好，还顺手把菜刀放上去压住。我妹放学回来第一个进门，她惦记着饺子，发现篮子里没有，一下就猜到在盆子里，于是双手去扒盆。她还小，够不着柜子上面，这一扒不要紧，把菜刀扒掉了，菜刀掉下来落在她的脚上，她猝不及防，被落下来的菜刀砍伤了。饺子没吃到，还被砍了一刀，实在是可怜，后来那些饺子就都归她吃了。

　　我回来的时候，天有点黑了，见她蜷缩在炕里边，伤处已经在诊所处理过了，包了一圈绷带，很吓人。

　　放学后的饽饽篮子，是我们那时候的温馨记忆，凉馒头，凉井水，无须菜也无须肉也能带来安全感。

豆豉

做豆豉是一件大事。

冬天餐桌上寡淡无味，没有新鲜蔬菜，也不能整天吃土豆白菜，于是家家户户都会做一些豆豉留着冬天吃。

豆豉的主要原料是黄豆，含有丰富的蛋白质。有一碟豆豉在桌，无论是吃粥还是吃馒头，滋味都绵长美味了许多。

做豆豉需要大量青花椒，每到季节，集市上就会有很多卖青花椒的摊位。家庭主妇大把大把买回来，洗干净晾好，留作做豆豉的主要原料。

先把黄豆洗干净煮熟，等它发毛。我不知道豆豉的制作原理跟安徽的毛豆腐有没有共同之处，都是先让食物发毛。熟黄豆要放在青麻叶上发毛，味道才正宗。在我们家附近，青麻到处都是，都是无主的。青麻叶绿茸茸的，比巴掌还大，多摘回来一些，在井边清洗一下，铺在盖帘上，将煮熟的豆子放上去耐心等待其发毛。青麻叶虽然是配角，却必不可少，没有青麻叶的豆豉必然少些味道。每到做豆豉的时节，大人小孩都挽着篮子出门摘叶子。

青麻叶是做豆豉的关键，所以青麻叶长成的季节，做豆豉的时机就到了，一般是在六月，气温也合适，很好发酵。

煮熟的黄豆摊平在青麻叶子上，滚一道面粉，放在温暖避光的地方大概三天就发酵好了，好的标准是拿起一颗豆子能拉起黏丝。发好后的黄豆放进坛子里，放大量青花椒、姜片、盐。如果想豆豉更美味一些，再煮一些花生豆放进去，封坛，七天左右就可以吃了，时间越久越入味儿。

小时候嘴馋，看到家里要做豆豉了，肚子里的馋虫就开始蠢蠢欲动了。趁我妈把黄豆煮熟还没有滚面粉的当口，赶紧去偷黄豆吃。刚刚煮出来的黄豆鲜香美味，松软糯甜，抓一把放进嘴里，嚼出一嘴的鲜香，真是太美味了。我妈铺青麻叶的片刻，我们也能偷吃半碗。她没办法，只好煮完了就藏起来，但是能藏在哪里，无非是橱柜深处。我们

　　四处搜寻，一下就找到了。这时候只能拎着木棍把我们都打出去，不然几碗豆子很快就会被当成零食吃完。

　　做成豆豉之后，黄豆好像变了一个样子，吸饱了汤汁变得绵软，扔一颗进嘴里，马上就化掉了。豆豉的香，是调味料带来的香，混合着花椒与姜的味道；而煮豆子的味道就很单一，它就是纯纯的、浓浓的豆香味儿。

　　日本有纳豆，跟豆豉类似，但日本的纳豆源自中国。秦汉时期，豆豉曾在寺院中流行，是僧人们的小菜，后来流传到日本。他们做的纳豆也发酵，只不过，纳豆比豆豉的味道臭一些，豆豉闻起来是有香味的，不臭。

　　豆豉滋味绵长，汤汁浓稠，有人专门爱吃里面的青花椒，夹起一串"嘎吱嘎吱"就吃了，据说经过腌制的花椒已经不麻了。也有人只吃豆子；有人爱豆豉的汁，用来蘸馒头；还有像我弟弟这样的，专门挑豆豉里的花生吃，没有花生他就不吃了。

　　豆豉在城市里是调味品，我第一次在饭馆里吃饭，盯着豆豉鲮鱼油麦菜沉思良久，不敢肯定这里面的豆豉是不是家里年年都做的豆豉。

　　豆豉在乡下本身就是一道小菜，每天吃饭的时候，舀一小碗出来，佐餐。如果有黄瓜或者葱，也可以直接蘸一蘸豆豉的汤汁吃。豆豉味道浓郁、鲜美，正好抵消青菜的清淡。

　　豆豉做好了，餐桌上就多了一道风景。如果今年的豆豉里面加了花生粒，那真的太奢侈了。每个人都爱吃豆豉里面的花生，于是花生很快就被挑光了，剩下的依然是黄豆。

　　豆豉佐粥味道鲜美，佐馒头也很美味，馒头本身没有什么味道，只是幽幽一点麦香，中间夹一些豆豉进去，滋味就丰富了很多。

芥菜疙瘩

　　我从小就跟着姥姥吃芥菜疙瘩，姥姥几乎每年都种，然后腌制。她不像别人腌好了捞出来就吃，她牙口不好，会把腌好的芥菜疙瘩煮一遍，要煮熟透。放大锅里煮，清水没过，大劈柴烧很久，满院子都是热气，煮完了然后再晒干，放在盖帘上，大太阳下暴晒着，也不拘晒多久。干透了的芥菜疙瘩，外面一层盐粒，那都是太阳太烈逼出来的。疙瘩彻底干透后，用大号针牵着细线绳穿一串，挂在房檐下，一串串的。吃的时候捋下一个。经过了风吹日晒尘土袭击，咸菜的表面已经脏了，要洗一洗，或者用开水泡一泡，再切成条，放点香油，撒点芝麻，佐粥吃十分美味。吃馒头也好吃，我就爱跟我姥姥抢着吃，可惜她每年做的咸菜疙瘩都是有数的，要吃一整年，她算计着吃，因为牙口不好吃不了别的菜。她没想到我一个小孩也爱吃，经常趁她不注意，在廊檐下揪一个就跑，一边吃馒头，一手拿咸菜。咬一口，特别有嚼劲，比生的芥菜疙瘩要香。

每年都需要芥菜腌咸菜，就需要种植。我姥姥一般就种在菜园子的角落里，种一畦就够了。咸菜毕竟只是饭桌上的小配角，上不得台面，如果家里来了客人或者节日的正式大餐，芥菜都不能上桌，不贵气。

菜园就在院子里，各种蔬菜都种上一点儿，吃个新鲜。芥菜长得和萝卜很像，地面上是叶子，叶子上毛茸茸，根部才是果实，但芥菜比萝卜大一些。秋天拔出来，根圆圆的老大一个，洗净放在缸里，用粗粒的大盐撒一遍，密封腌起来，十分简单。

芥菜缨子也不会浪费，也要腌成咸菜，洗净加盐放在缸里，上面压一块大石头。芥菜缨子不需要腌制太长时间，一入冬就可以拿出来吃，洗净切碎，炖豆腐。芥菜缨子炖豆腐，雪白碧绿。炒几片五花肉，加芥菜翻炒，加水，放豆腐，不用放盐，芥菜缨子本身是咸的。咕嘟嘟煮一会儿，互相入味，那味道粗粝和细腻结合，鲜咸适口，配白米饭或者小米饭都可。

我一直迷恋吃熟的芥菜疙瘩，尤其是我姥姥晒过的那种，说它软烂吧，又有一股韧劲、香气。后来我姥姥没了，没人种芥菜，也没人做这个了。

芥菜作为咸菜界的领军人物，市场上是不会缺少的，某地的榨菜闻名，当地便遍地是芥菜。

超市的小菜柜台上，卖芥菜疙瘩的倒是挺多的，就是他们都卖生的，不煮。我买回腌好的芥菜疙瘩自己煮过，

芥菜长得和萝卜很像，地面上是叶子，
叶子上毛茸茸，根部才是果实，
但芥菜比萝卜大一些。

家里都是燃气炉，根本不适合煮咸菜，不是煳了，就是水都没了还没煮熟。火太硬，锅太小，就算是煮熟了我也晒不好。我家楼层前面高楼遮挡阳光，每天日照不过三小时，这样的环境下，晒咸菜也晒不好。

我姥姥管熟疙瘩叫烂咸菜，十分贴切。

在超市里闲逛，偶然遇见卖熟疙瘩的，马上买上几个，放冰箱里慢慢吃。这种熟芥菜，虽然缺了晾晒的环节不够韧，勉强也可以吃到熟悉的口感。

人的味觉，一生追随儿时的记忆。

《诗经》出现的先秦时代，芥菜就已经作为大面积种植的食物来做蔬菜吃了。《谷风》中的"采葑采菲，无以下体"说的就是芥菜。

芥菜的主要作用是腌制咸菜，但是并不是只有这一种吃法。新鲜的芥菜收获之后，如同土豆萝卜，切成丝或者片，可炒，配五花肉片，放点芝麻或者香油。芥菜味道不佳，涩，需要油水滋润，若滋润到位，也是一道美味小菜。

芫荽

　　我从小就不吃芫荽，讨厌那个味道，路过芫荽地，老远就想吐，但爱吃的人又爱得不行，所以它还有个好听的名，叫香菜。芫荽的存在，犹如鱼腥草，以爱它与恨它为界，给人类分成了两个极端。与之差不多的还有茴香，茴香馅几乎在饺子馅中占据了半壁江山，但是不吃它的人，比如我，一直像躲避瘟疫一样躲避着它们。我把茴香和芫荽当成了一对伉俪，我一起讨厌它们。

　　不可否认，芫荽长得很好看，油绿

油绿的，是一种十分讨喜的绿色，鲜亮，不沉闷，叶片小小的，像花，洁净而自傲。

芫荽是小面积种植，因为收成并不多。在地边等着收菜的卡车也不会把芫荽当成主打菜来收。这种蔬菜没有主场，无论出现在哪里，都是配角，不需要大量买卖。比如蒸鱼的时候，点缀一两根芫荽；做汤的时候，撒一把芫荽末。芫荽虽然是配角，却必不可少，它的香气，几乎是霸道总裁似的，不由分说凶猛而来。对于爱这一口的人来说，失之无味；对于恨这味道的人来说，比如我，一片叶足以让我放弃整锅汤。

几年前，我爱过一个人，每次点完菜，他都会对服务员追加一句：不要香菜。记得你的口味，是十分温暖的回忆。

芫荽一直很贵，种一亩，也能收获一笔不小的现钱。

芫荽是最干净的蔬菜，非常好打理。别的蔬菜要经常打药，精心照顾，担心各种虫子。芫荽完全不必担心，任何虫子都不会生在芫荽地，它的味道太霸气，霸气到百虫不近。成熟季，芫荽棵棵亭亭玉立，洁身自好，连蝴蝶都不去它们身边飞。

我也是一只虫子，哪块地种了芫荽，我远远就绕开了，从不靠近，千百棵芫荽的味道简直是铺天盖地而来。

总有人是爱吃芫荽的。我姥姥就喜欢吃芫荽。有一次我在她那里吃饭，她居然择了两把芫荽洗洗凉拌了吃。
我端着碗斜睨着那碗凉拌菜，厌弃又惧怕。它的味道本
来就怪，现在切开切碎了，那些奇怪的、浓烈的味道从
四面八方向我冲来，让我窒息。如果说味道有力量，我
早就被打得遍体鳞伤了。我毫无招架之力，只能扒一点

芫荽亭亭玉立，骄傲又疏离。

菜在碗里，躲出三米远，而且因为这碗端然放在餐桌上的凉拌芫荽，我把这顿饭记了一辈子。

因为我的关系，我们家很少吃芫荽，但是家里人都有点跃跃欲试。放香菜之前，我妈先给我盛一碗放一边。

小时候自私，总想拿自己的喜好来要求全世界，盛一碗这种事，我是不满足的。

有一次，人家给了我妈一小把芫荽，她顺手放在窗台上就做饭去了，打算一会儿用这把芫荽做个汤。我躲在远处，对这把绿油油的小东西深恶痛绝。正在思索该怎么办时我妹妹来了。于是我教她，让她把这个芫荽扔到旁边的池塘里去，因为芫荽太难吃了。她是我忠诚的小跟班，我说什么她都听。她轻易就被洗脑，也觉得芫荽是难吃的。于是，我妹躲着我妈，拿着那把芫荽就冲到了池塘边，一扬手，讨厌的芫荽们打了一个旋，就消失在池塘里。

过了一会儿，我妈到处找不到芫荽了，起了疑心，开始审问我们俩。不吃芫荽的是我，但是我不会承认的，我坚定地说不知道。

我妹还小，又心虚，没问几句就说了实话，我妈就打了她一顿。那些年家里穷得很，一把香菜也很珍贵呢。

点心·蓼花糖

　　小时候好像最有营养的保健品就是麦乳精了，走亲访友，看望病人或者老人，手里拎的礼品大多数都是麦乳精或罐头。商店里吃的东西有限，营养品就只有这两样，买完用网兜提着，网兜并不保密，装了啥可以一览无余。走亲戚的人都提一兜，看一眼就完成了数据统计。

　　麦乳精装在铁桶里，颗粒状，舀一勺放在杯子里，用开水冲开，有点甜，也有点腻。因为加入了太多东西，味道怪怪的，并不是多美味。可是没有别的零食吃，家里有麦乳精总是聊胜于无。如果谁送了一两桶来，就经常偷着吃，趁人不备，抓一把填嘴里，也不冲水，反倒好吃一些，这样吃有淡淡的奶香。

罐头品类也单一，桃子、山楂、梨为主。山楂的最受欢迎，酸酸甜甜的，汤汁也好喝，只要打开一瓶，立刻被抢光，梨的就差一些，没人抢。

家里收到麦乳精和罐头，是不会作为孩子的零食的。这两样东西保质期长，也体面，会被我妈锁起来。如果谁家有事需要走动，拿出来拎过去，省一笔钱。

能作为零食吃、让我们眼馋的是桃酥和蜂蜜蛋糕，这些都是高级的零食，平时见不着。走亲戚的时候，用麻纸包一包，纸绳系个复杂的扣，用手提着，纸都被点心的油给浸了，油乎乎一片，看见那团油口水就流下来了。后来包装升级了，走亲戚时把这些点心装在盒子里，那盒子也叫点心匣子，长方形，表面也覆盖一张红纸，很喜庆，用一根麻绳打包提着。点心匣子比纸包个头大，装得多，更加体面，也更让人期待。装点心的时候，也不会只装一种。这种匣子，通常会有桃酥、蜂蜜蛋糕、一品红等好几样，盒子装满，简直是点心大杂烩。一个点心匣子，再买两瓶白酒搁网兜里拎着，规格很高，去提亲都不算寒酸了。

桃酥香、酥、脆。大年三十晚上，守夜到很晚，夜一深开始犯困。我妈打开柜子，从柜子深处掏出一个纸包，解开纸捻的线绳扣，窸窸窣窣打开一层层纸，一摞桃酥惊现眼前。一人分一块，大家安静地咽着口水等待。分好后，一只手拿着吃，另一只手接着掉下来的碎末。等整块吃完了，一扬手，碎末末倒进嘴里去，又一大口。桃酥鲜香酥脆，吃一块唇齿留香，立刻就不困了。

或者拿出的是一包蜂蜜糕，蜂蜜糕柔软香甜，油汪汪的，颜色也鲜亮，表面暗红色，有很诱人的甜味。纯正的蜂蜜甜而不腻，很饱腹，增加了幸福感。

我姥姥岁数大了，总有人来看望她，她锁着的那个柜子，是我最向往的地方。只要她开了柜子，我马上蹿过去，怎样也能得到一块点心。

裹白糖的蓼花糖，
超级甜，又脆又香。

　　有一年，我家来了一个远处的亲戚，因为有求于我爸妈，送了一大包蓼花糖，她当着我爸妈的面，给我们一人分了一根。有客人在，我爸妈也不好意思阻止我们吃，于是得以大快朵颐。这是我第一次见到这种点心，形状像个小棒槌，深黄色，一看就是油炸品，整个表面都裹着一层糖。我小心翼翼咬了一口，里面是絮状的，几乎是空心的，很脆，脆到掉渣渣。

　　吃了一口，我就惊住了，真是太好吃了，太甜蜜了，我从没吃过这么美味的东西。一大包蓼花糖很快就被吃完了，从此我对蓼花糖有了执念，长大了看到还是要买，只是再也吃不下去了。这个点心太甜了，甜到腻，热量超级高，也只有零食匮乏嘴里寡淡的儿时才会喜欢。

　　蓼花糖有两种，一种是裹白芝麻，一种是裹白糖，我吃到的是裹白糖的，超级甜，又脆又香。

　　蓼花糖看着简单，制作却超级复杂，据说需要二十四道工序，用江米、芝麻、白糖、饴糖等原料，还得经制坯、膨化、成型等，难怪吃起来那么美味。哪怕出于对这复杂工艺的尊重，也得给蓼花糖一个好评。

　　能跟蓼花糖比肩的儿时美味，就是蛋黄饼干了。蛋黄饼干做成一颗小蛋黄的样子，浓浓的鸡蛋味。那时候的吃食都实在，说是啥就是啥，基本没有代替品。

爱吃，也可能不是这两样点心美味，而是因为难得。蓼花糖和蛋黄饼干都显得小气，不是送礼佳品，像哄孩子的吃食，所以家里很少收到。那时候也没有闲钱专门给孩子买零食吃，这些就成了吃不到的美味，越吃不到，越向往，越馋。

有一次我病了，发着烧，我爸也不知道应该怎么缓解我的痛苦，就问我想吃什么，我马上说想吃蛋黄饼干。那个饼干我在一个富裕的同学家吃过几块，她自己就有一袋，真让人羡慕。蛋黄饼干真是奇异的存在，圆润小巧，橘黄酥脆，蛋黄的香气和奶香都很重，甜得恰到好处，我觊觎好久了。我爸马上去小卖店买了一包回来，我只吃了一小块。发着烧的人，嘴是苦的，吃什么也苦，我吃一块就再也不吃了。我弟弟妹妹可高兴了，不年不节的，他们居然吃到了点心，愉快地分食了本该我独享的美味。

我第一次明白，原来疾病这么不讲道理，它不但会剥夺你的快乐，还会剥夺你的味觉，削减你的欲望。

散状·年糕

　　如果家里做了散状，空气中都飘着香甜的气息。捧着一块刚出锅的散状吃，香喷喷，松软甜蜜，觉得幸福真是无所不在，恨不得睡觉都哼着歌。

　　散状是北方美食，因为做起来麻烦，只有过年才能吃上。一进腊月，大黄米、小米、江米陆陆续续都碾成面搬回来，就是要做散状和年糕了。因为散状好吃，孩子每天都有了盼头。

　　散状需要几种粗粮混合。黄米面、江米面、小米面按比例掺好，加点白糖，加水搅拌，不能和成面团，要让面保持松散微湿。锅里加水烧开，放箅子，上面铺一层洗净的玉米壳皮，这样能保证不粘锅。然后用箩将面筛到蒸锅里，一层一层筛，漏下去的面都很细，保证散状的口感。底下烧着火，一边筛一边蒸，等锅里的散状积到一定厚度，盖盖蒸。大概十几分钟就蒸熟了，热腾腾的蒸汽，清甜清香的味道满屋徘徊，久久不散。

等蒸熟放凉，用刀子切成菱形块，拿起一块，咬一口，既有大黄米的黏，又有小米的香，松软香甜，不知道什么是饱。

散状是主食，其实更像点心，因为是一边蒸一边筛面进去，保持了松软透气，又有大黄米面、小米面、江米面，保证了营养跟绵长的口感，几乎没人不爱吃。

听老人说，最早的散状没有这么美味，是在缺少食物的年代，主妇们发明出来充饥的，那时候没有这么丰富的原料，只有地瓜面。

地瓜面散状的做法和现在散状做法相同，也是在大锅里放箅子，放玉米壳叶，一层层将地瓜面筛进锅里，这样会让糕饼蓬松。蒸熟后，切块，吃起来味道就有点差强人意，吃多了还会噎人。在山东某些地方，散状也叫地瓜糕。

我们家散状每次都做得很少，因为麻烦，也因为不禁吃。做一点儿当点心解解馋就好了，当不得饭，主要还是要做年糕。

　　年糕的主要原料也是大黄米，大黄米是超级黏的米，比江米的黏度要高许多倍，口感更筋道，颜色也更诱人。大黄米是金黄色的，犹如黄金。我家做的年糕都是金黄色的，有些人家用江米做，做出来是白色的，颜色不一样，黏度也不一样。

　　加工好的黄米面兑一些水，水要一点一点地加，不能结疙瘩，加水量恰到好处的面不能出颗粒，以用手抓起攥在手中不散为适宜。水加多了，攥一下成团；水加少了，面完全散的，不聚拢。

　　面兑好，大锅里放水，放算子。算子上铺一层红豆，水烧开，热气翻涌，在红豆上面均匀撒一层面，再铺一层红豆，再撒……一层黏米面一层红豆，撒完之后大火蒸，根据年糕厚度调整蒸的时间。

　　蒸好了切成小块，放在笸箩里，盖好，就放在外面。天寒地冻，一晚上就冻瓷实了，可以吃到正月末。平时拿几块年糕蒸一下，黏黏的，黏米本身没有什么味道，所以蘸白糖吃。还有一种吃法是煮年糕，可选自己喜欢的蔬菜，也可煎几片五花肉加水加盐翻煮，也可加酸菜做汤煮，爱吃酸的调个番茄汁煮，煮好的年糕片爽滑。

最好吃的是煎年糕，那可真是大大的美味。

化好的年糕切成一片一片的，锅里放油，将年糕片放进去煎到两面微微焦。那时候没有各种酱料，就抓一点细盐，大拇指食指指肚微碾，细盐粒均匀撒在年糕表面，出锅盛盘。

煎的年糕简直超越一切主食，鲜香满口，美味异常。

还有一种年糕，是烙出来的，烙年糕费事。需黏米面、烫面、发酵。大黄米面，用沸水烫约三分之二的量，边烫边搅动，加凉水和成面团，放到炕头发酵。等发好了，包豆沙馅，擀成圆饼，锅里刷油，煎到两面焦香，比蒸

烙的年糕饼软软的，黏黏的，吃到嘴里好像即时就化，其实绵长着呢。

的年糕好吃多了。

年糕里面包苏子酥做馅就更好吃了。苏子酥都是自己做。紫苏籽买回来炒熟，用擀面杖碾成面面，和一点盐调味，均匀裹在面团里，擀成圆饼，锅里刷油下锅煎，煎到两面焦就可以了，这是烙年糕。烙的年糕饼软软的，黏黏的，吃到嘴里好像即时就化，其实绵长着呢。

烙年糕做得慢，吃得快，半天做一篮子，一会儿就吃光了，对过日子来说，不划算。

年糕是过年的仪式。蒸年糕不是多么美味，又饱腹，吃两块就饱了，而且抗饿，胃口不好的人很少吃年糕。可是年糕年糕，年年高升呀，没有年糕怎么算过年？

望莲

　　向日葵又叫望日莲，但我的家乡方言语速快，于是叫成了望莲。

　　望莲生产瓜子，人天生爱嗑瓜子，不分老幼。

　　我家的葵花都是自己种，地头的空隙里，种几棵就够了。它们的圆盘长得很大，有几盘就够一家子整个冬天和过年吃的。

　　冬天，下雪了，闲待着无聊，心情却不错。于是去炒一盘瓜子，大家一边看电视一边吃，悠闲的日子与时光，就是这样过去的。

　　向日葵长得很好看，大脸盘子圆圆的，一圈嫩黄的花瓣，花心有多大，瓜子的成长面积就有多大。向日葵的叶子和秆都毛茸茸的，一层小软刺，但是不扎手，是温柔的守卫者，只有告诫作用，没有威慑力。

　　葵花神奇的地方是，它们一直向着太阳，从早上开始，花盘就跟着太阳方向转。如果种得多，成规模的大圆脸一齐向着一个方向，金灿灿的，耀眼睛。

　　向日葵要成片才威武，特别壮观。从远处看，一大片金黄，高贵华丽，端然肃穆，与众不同。

　　到了秋季，花瓣凋落，果实成熟，就要防着小孩偷摘了。向日葵秆是空心的，如果种的多可以晒干了烧火用。摘下一个大花盘，找个没人的地方，将表面一层薄薄的花蕊摸一摸，一颗颗黑色的、倒扣的瓜子就露了出来，用手一搓，搓下一把。长得好的葵花子，又黑又大，颗颗饱满。刚刚剥下来的瓜子是软的，用手一挤就开了，露出里面雪白的瓜子仁，新鲜的，湿润的瓜子仁，脆生生，甜丝丝，很好吃，这样的瓜子我能坐在那一口气吃半个花盘。

　　真正收获瓜子的时候，先把花盘割下来晒干花盘晒干后，在地上铺一块干净的塑料布，一手拿花盘，一手拎一个笤帚或者什么重的东西，敲打已经晒干了的花盘。敲打

　　到位，瓜子就会脱离母体，纷纷掉下来，最后用手一抹，所有的瓜子全部收下来。瓜子需要晒干存放，晒好收在袋子里，放在悬空干燥处，想吃的时候，拿出一些，炒着吃。

　　种望莲大部分人为的是冬天和过年的零食。

　　也有一种野望莲，在沟边或者地头，它们随意生长。小时候，它们跟家种的望莲一模一样，长着大片叶子，开

望莲，一生都带着任务，生命慢慢沉重，
最后干脆低下了头。

着娇嫩的黄色花朵，花蕊占据了百分之八十的空间，花瓣识趣地分散四周，长成一个圆。可是长大了就发现不同了，野生的望莲花盘长着长着，就停留在某一阶段不再长，当然它的花蕊下面，也不会藏着果实。它们一天天摇晃在那里，只为追随太阳，不为结籽，十分潇洒。

不像家里种的望莲，一生都带着任务，生命慢慢沉重，最后干脆低下了头。

过年最不可缺少的就是一大盘瓜子，炒过，放在果盘里。来拜年的人络绎不绝，保证拜年的人能随手抓一把瓜子，是最基本的待客之道。也有炒花生的，但花生个头大，一把也抓不了几个，还是瓜子实惠，抓一把一边走一边嗑，足足可以支撑到下一家，拜年路上也不算无聊。

瓜子有一种魔力，你只要吃上一颗，就会停不下来，一定要把面前的瓜子吃完。小孩面对瓜子就更没有自制力了。

学校门口除了卖各种糖球的，生意最好的就是卖瓜子的。

摊贩推着一个小平板车，瓜子放在平板车上的容器里，瓜子是炒过的，很香，也有咸味，个头也很大。摊贩有一个纸杯，用来量瓜子，一毛钱一杯。拥有一毛钱零花钱的小孩，最开心的时刻就是去买一毛钱的瓜子。摊主小心翼翼将瓜子收满一杯，抚平，冒出来的纷纷掉落。我们在旁边看着，心疼不已，每掉一颗，都像是从自己的手里抢过去的。量完，我们张开小手，摊主将那一小杯瓜子倒进你的手里。用手捧着，吃起来十分不方便。如果衣服有口袋，就装进口袋，一路走一路捏着吃，散落一路瓜子皮。没有钱买瓜子的小孩也很馋，就会凑上来讨好地问："给我几颗吃行吗？"如果你心情好，就会捏几个给他，两人一块儿吃。如果心情不好或者舍不得，就很干脆地回答："不行。"那个小孩也不恼，就眼馋地看着你，一路跟在你后面，在飞飞扬扬落下的瓜子壳的映衬下，显得非常可怜。

日子：岁月长

少年听雨歌楼上，中年听雨客舟中，而今听雨僧庐下。

岁月，是变幻场景听雨的过程

编织

　　有一阵女生们流行围大围巾，在脖子上绕一圈，再在后背打个结，长长地拖在后背上，又暖，又好看。围巾自己织，元宝针，粗粝、整齐、蓬松。我手笨，但我想赶时髦，我妹和我妈轮流织了一天就给我织好了一条，粉色的，大概有两米长，可以在脖子上绕两圈，后背还能拖很长。冬天起大早去上学围上围巾，一下子就不觉得冷了。

　　织围巾的棒针是用竹子做的，特别粗，如果织毛衣和手套，用这么粗的针织出来就不暖和了，就用镀了银的铁针。毛衣针和毛线五花八门，手巧的人什么都自己织，帽子、袜子、毛衣、毛裤……时髦的女孩子还织一种绒线披风，样子和慈禧的珍珠衫有一拼。穿上这么一件衣服，贵气、骄傲，让人羡慕。爱美的姑娘，自行车座也要织个套，把手也织个套子套上。套子上垂挂着毛线穗，车一动，穗子随风飘。

　　我虽然手笨，也迷上了织东西，毛衣针不方便拿到学校去，就找两根筷子代替。家里偷一团毛线，课间躲在桌子下织。两根筷子上下翻飞，一会儿就织了一个缩小版围巾。毛线也用光了，于是也不锁边，拉着毛线的一头轻轻

编织的乐趣在于，你费尽心思才织好了一片，但是只要从这一头轻轻一拉，一切就都归零。

一扯，缩小版围巾立刻拆开，再把这些线挽起来，挽成一个球，再次开动两根筷子，重新织。不为别的，就为了过一把编织瘾。这团毛线反复织来织去，拆来拆去，最后变成弯弯曲曲的样子，彻底废了。

冬天冷，里面要穿一条秋裤，再穿一条毛裤，外面再套一条绒裤，再冷一些就直接穿棉裤。毛裤很金贵，我都穿不起，只能戴一条围巾了。

有钱人家的孩子才能混到毛衣毛裤这样全套的奢侈品。

毛衣毛裤织起来不容易，需要很多毛线，但是围巾就不用太多。围巾织法很简单，元宝针蓬蓬松松的，无须太多毛线，还显得毛茸茸的暖和可爱。

无论是什么样的年月里，都不会缺少各种流行物品。流行大围巾的时候，班里的女生几乎一人围一条长长的围巾，大家都织自己喜欢的颜色，有红的、有纯白的、有紫色的，红红绿绿，配了衣服和漆黑的马尾辫特别好看。上课时，我坐在最后一排，看着她们后背都松松打一个漂亮的结，真是美好啊。更美好的是，我也有。

我十分珍爱我的粉色围巾，每天上学仔仔细细围好，在后背打一个结，制造一种飘逸的感觉。回家后，整整齐齐叠好放进柜子里，怕被弟妹们弄脏了。新毛线有一种味道，柔软，馨香，贪婪地吸一口，似乎吞下了一个春天。

流行风出现急转直下的局面，是因为一个家住得很远的女生。冬天，放学时天已经擦黑了，再磨蹭一下，天就彻底黑了，女生和几个同路的同学一起骑着自行车飞速前进。那时候，路上没有任何机械车辆，随便骑也不会有危险。他们回家路过一个挖土的大坑，那个坑很恐怖，村子里所有的人用土都在那里挖，渐渐形成了一个小悬崖。她骑到那个坑边上时，长长的围巾卷进了自行车轮子，围巾越缠越紧。小孩子一遇到这种事慌了神儿，忘记跳下车。于是车一歪，她连人带车掉进了坑里，摔伤了，住了很久医院。我们组团去看她的时候，都被她伤口上触目惊心的红药水吓傻了。

经过这次意外，家里和学校同时勒令我们放弃长围巾，就算戴也不能再在后背打一个结，要全部系好在脖子里，不给它卷入自行车的机会。可是我们的围巾就是为了能飘在背后才织这么长的，如果全部围在脖子上，那得围多少圈啊，又不好看。

长围巾流行风很快就因为这次意外事故而被终止了。那个冬天，两米多长的围巾都收起来，我们乖乖戴起了帽子。

车辙

车辙就像土路上的音符，歪歪扭扭，唱着一曲随意的歌。

几乎每一条土路都有车辙，弯弯曲曲伸向远方，然后在某一个弯道处一拐，你就看不见它的延伸了。

那些路，不但行人走，也有很多车辆来回经过。车是沉重的物体，拉了很多东西经过，车轮"咕噜噜"碾过大地，长此以往，车轮处深深下陷，形成固定的车辙。于是再经过的每辆车都有了主心骨，主人们放心地将车轮放进形成的车辙中，由此走去，有固定的、瓷实的压痕在，车子轻快了很多。

车辙永远都不孤单。

如果一条路许久不走，又下了一场雨的话，那路上便开始星星点点长出几根草，像试试会不会犯规一样，摇来摇去，没几天就被重新上路的人给踏平了。但是车辙处不长草，这两条深沟，夯实、坚硬，就像是认定了的命运，不会有任何改变的可能。

车辙，曲直有度，那是岁月留下的重量。

车辙对来往的车辆来说是福祉，对行人来说却有点碍事。

没有柏油路的时候，乡村都是泥土路，泥土路的特点就是尘土飞扬。如果在春天走一通的话，裤脚上落一层土；下雨的时候，就满是泥泞。若自行车沾满了泥，推也推不动，就只能扛着走。忽然下雨时，就会看见扛着自行车从土路上走过的人。他们挽着裤脚，将鞋子提在手里走在车辙里，车辙虽然积了水，但是车辆常年的碾轧使其瓷实，走起来知根知底，不会突然滑一下或者陷一下。没办法，鞋需要用钱买，自行车也有价值，自己这一身皮肉，却什么也不怕，回到家，洗一洗，喝一碗姜汤，什么影响也没有。

晴天走在土路上，行走在平坦处，车辙是一个明晃晃的提示。车辙是大地的伤口，哪怕它已经痊愈了，你也不忍心踏上去，也或许，一脚盲目踏上车辙的话，会失去平衡，摔一脚。没有月亮的晚上，从村子外面晚归的人，经常这样深一脚浅一脚地走，一不小心一只脚掉进车辙，崴一下，一瘸一拐地走回家。

老人讲，夜里走路一定不要走两边，很危险的。容易掉进积年累月形成的车辙里去，会摔跤的。

冬天下了雪之后，车辙都被抹平了。有一次，我骑着自行车去上学，雪很大，天地一片白，处处都是平平的雪。我被这白雪制造的平坦假象迷惑了，骑着自行车飞奔。刚下过的雪还没有冻上，是根本不滑的，是很好玩的。车轮碾过白雪，"咯吱咯吱"，像唱歌一样。我在陶醉中忘记了路况，在临近学校门口的时候，车轮忽然滚进了车辙里，前后轮一起滑到深深的车辙里，我猝不及防，连人带车摔倒在雪地上。因为掉进去很干脆，摔得也整整齐齐，大雪地摔不坏，但是足够丢脸，周围很多行人笑起来。

剩下的一段路，我也不敢骑了，推车走。这条路上有两条很深的车辙，它们全都被大雪给藏起来了，骑车还是会再次掉下去的，于是那天迟到了。

从那之后，我便对在雪地上行走有了阴影。我知道，平静与平坦之下，肯定会藏着用心险恶的车辙，我小心翼翼行走，更不敢在雪地上骑自行车了。

　　车辙很多时候是友好的。

　　每一条路上都有两道天然的车辙，晴天的时候，车子从此而过，都会小心翼翼将轱辘放进车辙里面，这样就算是人力拉车也会轻松许多。

车辙是大地的伤口，哪怕它已经痊愈了，你也不忍心踏上去。

缝被子

　　拆洗被子都是在冬天，快过年时，拆完，洗好，晾在外面，没一会儿就冻成了一整块。硬梆梆的一整块布，下面还挂着水滴变成的冰溜子，很好玩，但是不能折，不能碰，冻硬了去折，这被面也就断了。

　　新人结婚，男女双方都需要准备新被子，女方家大方的，陪嫁过去四铺四盖或者八铺八盖，这可都是财富，大约能用一辈子。结婚的被子要请人做，也不能乱请人，有幸被请来做被子的妇人，一要针线好，手艺精，做得不精致岂不让人婆家笑话？二要全乎人。所谓全乎人，要儿女双全，这样的女人福气好，能给新人带来吉祥。我妈儿女双全，经常被请去给新人做被子。大红大绿的缎面，柔软蓬松的棉花，还散发着阳光的味道。我妈粗糙的手在缎面上飞针走线，粗糙与细腻相映成趣。

这些新做的被子叠整齐收在空闲的房间里，表面盖一层大红的毯子免落尘土。一进屋，扑面而来的棉花和布匹的味道，也是喜庆的味道。

结婚前一天，女方将这些崭新的被褥等装上车子送到婆家去，称为送嫁妆。这是大事情，婆家扫庭以待，准备宴席，找本村能说会道的人来相陪。大家寒暄欢笑，两家原本陌生的人家从此结成亲戚，互相帮衬。

我见过很多送嫁妆的，羡慕那一车的红红绿绿，但是从不向往那些新娘子的生活。从小耳濡目染，见了乡村太多女人的生活。这些女人，也许这一生最风光和美好的日子，只这一天，之后就是无休止的劳作，生儿育女。

家里没有那么多余钱每年都准备新被子，所以被子就要经常拆洗、换新鲜的棉花等。

每年年底，拆洗被子、缝被子都是我妈跟我妹来做，一床被子很大，摊在炕上，一条一条按经纬度缝起来。缝被子有一些讲究，针穿过去，穿过中间絮的棉花，但是要点到为止，不能穿透被面，否则不美观。被子又厚，针很难穿，针脚不能太大不能太小，不能太远不能太近，考验功夫。

一个被子要缝半天时间，买许多线。

有一年我也想插手帮帮忙，于是我妈给我一根针，一个顶针。我纫好，打结，学着她们的样子去缝，我笨手笨脚缝了几针，总是扎手，一边缝一边嘟囔。

因为动静太大，我妈跟我妹妹就一起看我，想看看我怎么会扎到手的。然后她们同时爆笑起来，恨不得在新被子上打滚儿，一边笑一边擦眼睛，眼泪都笑出来了。我一脸蒙，不知道自己做错了什么，不明所以地看着她们。也不记得她们笑了多久，大概是实在笑不动了，终于来给我解惑。原来我把顶针戴错了手——我从小就不会干家务活儿，特别笨。

后来，我妈总是给我们讲一对笨母女的故事，女儿在外面和面，母亲在屋里缝被子。一会儿，女儿问："妈妈，水放多了怎么办？"妈妈说："笨啊，放面。"一会儿，女儿又问："妈妈呀，面放多了怎么办？"妈妈说："放水。"如是几次，女儿说："妈妈，没有面了怎么办？"妈妈大怒："你个笨孩子，我要不是把自己缝在被子里了，非得出去打你一顿。"

我听了很不服气，我虽然不会缝，但我肯定不会把自己缝在被子里。

煤 球

　　我小时候，蜂窝煤很贵，烧得快，也不太好买，家里取暖的煤都是煤球。煤球可以买现成的，贵一点儿，也可以自己摇。这个活儿一般是夏天做的，夏天太阳足，煤球容易干。如果冬天再摇，那就只能阴干了，干不透，不好烧。

　　打算摇煤球了，先去买煤面。煤面买回来之后，掺点黄土加水和成黑黑的泥，煤泥刚刚成型就好。要掌握一个度，太稀了摇不成型，太稠了摇不开。煤泥和好之后，平摊在阳台上，约莫铺到一寸厚，铺平。用木质的工具把这些摊在地上的煤泥切成小方块，混一些干的煤面子，用木锨把这些小方块铲到筛子里。筛子很大，摇煤球的人弯着腰，两只手均匀用力不停摇动筛子，摇出一个巨大的弧度。筛子内的煤泥块在摇动下，不断地碰撞，碰撞，渐渐没了棱角，一点点变圆，直到筛子内的煤球都圆润如珠，这一筛子就算完成了。倒在阳光充足的地方，摊开，晾晒，只要不下雨，就不用管它们了。

摇煤球跟摇元宵异曲同工，虽然人人皆可摇，形状不完美也不影响使用，但是好看，依然是硬道理。好看代表了手艺，工匠精神，也代表着体面。虽然自己家也能摇煤球，摇的七扭八歪也不影响冬天取暖，可是大家都愿意找专业人士来做。煤球圆一些，紧实一些，这一个冬天，也就更体面一些，更圆满一些。

摇煤球的人，脸上都是煤，黑黑的，清洗完脸盆里都是一层煤灰。村子里都有专业摇煤球的师傅，他们手法专业，摇出来的煤球溜圆均匀，好看好烧。一到秋末，他们就走街串巷："摇煤球咪"，谁家请进去，管吃管喝，再给工钱。干这活虽然脏一点，但收入很稳定，有这个手艺，年年都能赚点闲钱。

河北涞水县的摇煤工很出名，他们在农闲的时候到处

煤球圆一些，紧实一些，
这一个冬天，也就更体
面一些，更圆满一些。

去摇煤球，住大车店，赚点辛苦钱。他们摇的煤球，圆润
紧实，颗颗一样大小，只要不是太抠门的人家，都愿意请
他们来摇这一冬的煤球。

　　摇好的煤球晒干，收起来码在柴房里。等冬天的时候，
拿出小泥炉，用小木柴、玉米芯等火引子点着，火旺了之
后将煤球放上去，没一会儿煤球就红彤彤着起来了。煤球
燃烧时间长，能暖房间，又能烧水，隆冬的房间有一只煤
球炉，幸福就有了保证。

　　家家都要摇煤球，我们家穷，煤球摇得不多，但是也
一定要准备。没有人能在隆冬中不需要取暖，最起码，腊
月到正月过年的那两个月，应该过得暖暖的，吃得好好的。

　　干煤球很好烧，因为是圆形的，空气流通很好。煤球快烧透了，要拿一些新的放上去，用炉筷子捅一捅，让空气流通，火苗很快就又蹿起来了。

如果煤球充足，火炉就烧得旺一些，火苗高高蹿起来，房间里温暖如春。如果想要省一些煤，可以把煤炉下面活动盖盖一下，叫封炉子。炉子一封，火苗就慢慢萎缩下来，最后只剩了一抹红，保持温度，燃烧时长也延长了很多，但是这样屋子里会不够暖。

为了省煤，每天晚上让煤炉自然熄灭，第二天早上再费些劲，重新生火。如果不怕费煤，晚上添一簸箕新煤球，炉子上下都封好。第二天打开，殷殷一股红，有了空气，很快就火苗乱蹿，整个早晨就不用冻得难受了。我妈总是第一个起来，等火苗蹿上来，她挨个拿过我们的衣服放到煤炉上烤热，衣服烤热，起床也变得幸福了。

烧煤球的日子，小孩又多了一项工作，每天掏煤灰。煤炉子下面有活动盖，拉开盖，炉钩子伸进去，把烧剩下的煤灰掏出来倒掉。如果不掏，那些煤灰堵塞下面的通道，炉子就很难烧。

谁也不爱干这个活儿，脏兮兮的，炉灰扑一脸。

如果有人家办白事，棺材要经过自家门口，我妈早早掏一簸箕炉灰均匀撒在大门口，据说能阻止小鬼进来。后来，家里条件好一点后不再用煤球，而是用蜂窝煤。

煤球是冬天的必备物资，家里需要，学校里也大量需要。摇煤球的人也会被学校请去几天，摇够一个冬天的煤球。

冬天的教室里很冷，窗户保暖性很差，四面透风。北风呼啸，课桌冰凉，我们缩着手，冷得不停跺脚，此时最需要点炉子。

教室角落里有一个煤球炉子，这个炉子是砖砌起来的，比家里的大，缺点是不能挪动。教室里人多，大炉子才管用。学校里晚上没有人，没办法照料炉子，不能封，所以每天晚上炉子都灭，就需要每天早上有人去点。点炉子是技术活儿，对小孩子来说就更难了。有时候值日生点了半天，浓烟滚滚呛死人，煤球也没点着。煤球不着，就等于生火失败了。值日的时候没有点好炉子，这一天就冻着吧，其余大部分时间用来上课，是不能点炉子的。没有一丝温暖，上课冻得手脚像被猫咬了，大家坚持写字，手上都长了冻疮，又疼又痒，脚都跺麻了。

有个同学学习一直倒数第一，是大家嘲笑的对象，但是他很勤快，热爱集体，每天早上都起个大早来学校义务点炉子。点炉子需要用玉米芯，我们轮流从家里拿，每人一次拿五六个，积少成多。这也不是硬性规定，有的时候忘了，有的时候家里没有。这个同学就从自己家拿，每天早上，天刚蒙蒙亮，他就抱着玉米芯来学校了。空无一人的教室里，他先用细小的树枝等做引火，引火烧旺了之后再烧玉米芯，玉米芯烧旺了才能放煤球。等煤球一颗颗都烧起来，红透了，这才算点着了。否则煤球一进入，将引火压灭，就完全失败，工序要重新来一次。

不知道他生火有没有有失败的时候，那年冬天，每天八点大家来到学校等待上课的时候，煤球都欢快地在炉子里燃烧，火苗在跳跃，漾出一圈圈暖烘烘的光晕。下课后，我们争相跑过去烤手、烤脚，烤带来的馒头烧饼，再也不用跺脚取暖。

那年，依然考倒数第一的他因为为班级点炉子，得了一张热爱集体的奖状，他回家一路笑得脸都红扑扑的，比得了第一还开心。

下雨的日子

下雨就不用出门了，我弟被我妈搂在怀里睡觉，我躲在空闲的西屋，满屋子水汽，凉沁沁的，很舒爽。我家有个黑漆的小木箱子，家里的书都在箱子里，放在西屋。

我最大的爱好就是翻箱子，在这样无论如何不会被叫出去干活的雨天，一点点把箱子翻弄一遍，不会被外界干扰，十分惬意。

箱子里存货有限。一本竖版繁体字的《西游记》，我看着很吃力，很多字不认得，封面也被我弟弟给撕掉了。这本书有一些年头了，书页都泛了黄，发脆，边边角角都卷起来了，抹也抹不平，我收拾的时候就趴在那看几章。黑熊精偷盗袈裟那一章，莫名喜欢，于是就看了好几遍。后来长大了又重读，终于明白我之所以喜欢那一章，是因为黑熊精太像隐士了，是活得最舒服、精神最富足的那一类人。大圣初见黑熊精那一段原文这样写："行者进了前门，但见那天井中，松篁交翠，桃李争妍，丛丛花发，簇簇兰香，却也是个洞天之处。又见那二门上有一联对子，写着：静隐深山无俗虑，幽居仙洞乐天真。"

黑熊精作为妖怪，不吃人，对来者以礼相待，也不爱金银财宝，反倒对袈裟感兴趣，这可不就是一个不恋功名，不恋俗世的修行者、隐士吗？

还有一本《千家诗》，线装本，也是泛黄的书页。这本更老一些，我都不敢使劲翻，搞不好它就掉一个页，或者掉半个角，这书老到要随着岁月消失的样子。这是家里藏书中我最喜欢的一本，薄薄的、软软的，一首诗配一幅插图，水墨线描，黑白有韵。最开始那些诗我读不懂，但是能读到美，尤其那些插图，我简直爱不释手。这些插图，启蒙了我对山水画的痴爱。这本书是我爷爷或者我爸爸的爷爷留下的，年代久远，书香悠悠，大概有百八十年了。

空气中含着湿
润的味道，草
木的清香，泥
土的腥味，很
好闻，很沉稳，
很安定。

　　这本《千家诗》，我随身带着，现在它更脆了，不敢
常翻动。我把它收在盒子里，希望能一直保存下去。

　　还有一些杂志，我爸年轻的时候迷恋武术，订了好多
《武林》之类的杂志，这些杂志不但画着一些武术套路、
招式，还会登载一些武侠小说，有短篇的，也有长篇连载。
这些充满玄机与神奇境遇的武侠故事，打开了我的幻想之
门，大起大落的情节，很容易就看进去。

　　还有我在庙会上买的一些《东方少年》之类的杂志，
一本我很喜欢的却再也买不到的《世界文学》，我都一一
翻一翻，看一看，挨本宠幸，不冷落任何一本。雨声或远
或近，远的时候，雨小，近的时候，雨大。

雨大或者雨小，皆心安。

箱子里还有我的一些宝贝，比如在借住过的房子里捡的一个小袋子，用玻璃丝编织，玫红色，十分精巧，又十分袖珍，不知道能用来干什么，又不舍得扔；还有我画的一本《聊斋》——就是各种小人。这是我看了《聊斋》后特意用白纸订的一个本子，专门画小人，后来被我表妹撕了，我气得胃疼好几天。

我把这些东西捣鼓出来，挨个抚弄一遍，再整整齐齐放回去，留下一本书靠在被子上看。等雨停了，一起收进去，心满意足关上箱子。

下雨的日子总是很安逸，很短暂，好像没一会儿就过去了。

有时候箱子收起来了，雨还没有停，我妈会派给我们一个在屋里也能干的活儿——搓玉米粒。玉米晾干了之后，要把粒搓下来才能去碾玉米面或者糁子。找一个大筛子，装一筛子金黄的玉米棒。已经干透了的玉米棒很好搓，用改锥穿下几排，玉米芯一拧，这样搓得飞快。玉米粒欢快蹦跳，很快就搓好了一盆新鲜的玉米粒。找个袋子收起来，等雨过天晴，去小作坊里加工一下，马上就能吃到新鲜的糁子粥。

下雨的日子，是乡村的一个逗点，所有的一切都停下来了，街上没有人，连狗和鸡都不出来，大家都躲在安全的角落里，只有雨在继续。

　　有时候就干脆什么也不干，坐在窗边看雨。风偶尔参与一下，将树冠左右摇动，也搞不清方向，一会儿就走了，只剩下雨在孤独地飘落。农村的排水一般，雨稍大一点儿，很快就会积一院子水。雨从天空落下来，草和树都被清洗了一遍，葱葱郁郁，绿得可人。

　　如果雨一直到晚上都没有停，就简单吃一点儿饭，因为柴都湿答答的。蛇皮袋子叠成三角，顶在头上背着筐冲出去，匆匆扯一点儿柴回来，柴也容易湿，不好做饭，什么简单就吃什么。

　　雨天无事，一家人早早钻进被窝里，世界很快安静下来，只听到雨点打在地面上，淅淅沥沥的。你知道雨在润泽万物，你知道雨总会停，你知道大自然规律运行，你知道整个世界都在保护你。

　　空气中含着湿润的味道，草木的清香，泥土的腥味，很好闻，很沉稳，很安定。

扫帚·扑蜻蜓

　　家家都有一个大院子，农民虽然不富裕，但是都讲究干净整洁，谁家要是脏乱，会被人看不起。所以，扫院子是每天的大事情。大家也许没看过《朱子家训》："黎明即起，打扫庭除"，但这些规训都于实践中身体力行。

　　黎明即起，是很正常的，农村没有人睡懒觉。大人起得早，天一亮就起来了。起床第一件事，我妈做饭，我爸抄起扫帚扫院子，小孩可以起晚一点儿，太晚了也要挨骂，甚至挨打。

院子没有铺砖石，都是土地，扫一下腾起一抹土，所以扫之前，先洒一遍水，土地表面有一点湿润，尘土不会扬起来。洒太湿也不行，就成泥了，所以扫之前端一盆水，用手满院子撩水，力求均匀。勤快的人家，院子里永远干干净净，杂草、树叶都不能有，这都是扫帚的功劳。

扫帚这种物件，家家需要，日日劳作，耗损还是很大的。一柄扫帚用到年底，往往就小了几号，光秃秃的了。

明年需要新扫帚，便种棵扫帚树。

有时候小孩也被要求去扫院子，我们可没那么细致，东一耙子西一扫帚，说的就是我们。为了快点完工，往往胡乱扫几下，尘土飞扬中，鬼画符一样把院子画了一遍，就算扫了。

小孩喜欢扫帚另有用途。

夏天，雨勤，没准上一刻还响晴响晴的，下一刻就开始落雨珠。这样的雨珠像晴天到雨的过渡一样清脆爽利，一点也不黏腻，"噼噼啪啪"，一颗颗砸在泥土里、屋顶上，声音挂着干脆和果决。但这种雨下不长，一会儿就天晴了，还会附送一道彩虹。

另一种雨，要先酝酿气氛。气压很低，一丝风也没有，闷热到不透气。人在这样的时刻，都拼命摇着扇子，可风也是热的、黏腻的，像是沾在了身上，怎么拂也拂不下去。

知道要下雨了，但是什么时候下，谁也不知道，只能这么忍着。

这样的时刻，满村子满院子都是蜻蜓，它们烦躁地飞来飞去，低低的，有一两只似乎低到已经贴着地面飞了。

我们开始激动，马上回家把扫帚扛出来。

蜻蜓在平时很灵活，飞得很高，我们想抓也够不到，它们只有在雨前才会低飞，因为气压低，空气湿气重。它们的翅膀沾了空气中的水气后，就越来越重，飞不高了。

机会难得，小孩子也不怕闷热，抓住这难得的机会立即出门扑蜻蜓。扑蜻蜓最好的工具就是扫帚，崭新的大扫帚尤其好用，面积大，枝叶繁茂没有缝隙，那枝上，还带着清新与青色的小叶子。扛着扫帚追着一只蜻蜓飞奔，然后猛扣扫把，往往就扑到蜻蜓了。它被压在扫帚下挣扎，我们小心翼翼把扫帚抬起来，一把捉住蜻蜓，捏着它的一对翅膀，带着胜利者的欢笑到处显摆。

蜻蜓有一双鼓鼓的大眼睛，翅膀修长，和蝉翼相似，细看，可看到网纹密布，十分精巧；它的身材也是修长的，尾巴细长，长得很好看。有的小孩一下子就把好不容易扑到的蜻蜓捏死了，继续欢快地去扑下一只。家里养了猫的，见了蜻蜓就馋得跳起来，孩子玩够了，就把它送给猫，猫当宝贝一样找个角落去吃。

满村子满院子都是蜻蜓，它们烦躁地飞来飞去，低低的，有一两只似乎低到已经贴着地面飞了。

扑到蜻蜓干什么？怎么玩？好像也没什么意思，只有这扑的过程，充满乐趣。

在雨前的烦躁与无聊中，空中不时掠过一只蜻蜓，后面一个小孩举着大扫帚狂追，继而满街都是举着扫帚的小孩，在闷热的天气中奔跑。汗水把头发和衣服都打湿了，贴在身上脸上是十分难受的，但我们不在乎。

满街都是扑蜻蜓的小孩，但见扫帚飞舞，大人们识趣地躲着我们，怕被谁扑一下。扫帚硬枝繁多，怪扎人的。

扑蜻蜓是一个技术活，用力过猛会一下子把蜻蜓扑死，扑到了也不能迅速掀翻扫帚去拿，那样就放跑了。

我们举着扫帚满街追逐，蜻蜓吓得魂飞魄散，拼命逃命。

忽然，狂风来袭，天昏地暗，巨大的树冠随风摇摆，像老妖怪抓狂了，狂乱无章又地动山摇。闷热一扫而过，甚至还有点冷起来，一阵风横冲直撞，刚才还汗涔涔的身上立刻就冰凉起来，猛打冷战。豆大的雨点很快就砸下来，紧接着暴雨如注了，如天河倒垂，前一刻有多闷热，此时的雨就有多生猛。

我们扛着扫帚奔回家关窗关门。满街低飞的蜻蜓瞬间就不见了，也不知道躲到哪里去了，也许像我们一样，都飞回家了。

扫雪

　　一场大雪之后，家家都需要扫雪。我爸负责扫房顶上的雪，他带着木锨到房顶上去，将雪推下来，直接掉落到房檐下。我们将雪铲到小推车里，满一车子推出院外，倒在小河沟里。雪不能留在院子里或房顶上，化了之后会加速房子的老化。勤快的人家会把门口也扫一下，也有人就扫一条小路出来，能走就行。

　　雪跟雨不同，雪总是能带给小孩快乐。

　　学校也得扫雪，就像九月开学第一天，大家要拔操场上的草一样。

如果头一天下了很大的雪，老师会通知大家拿着家伙来扫雪。扫雪，是雪后上学的第一件事，大家扛着铁锹去，先把教室门口的雪铲走，再去收拾操场。扫雪的时候不堆雪人那还有什么乐趣？所以负责铲雪的和扫雪的合作，操场周围很快就立起歪歪扭扭的雪人。去教室里找两个煤球嵌进去当眼睛，去邻居家跟兔子抢一根胡萝卜做嘴巴（我们学校就在村子里，周围都是人家），摘下自己的围巾给雪人围一围，一个活灵活现的雪人就出现在操场。

如此大规模又毫无约束的劳动很容易丧失纪律性，于是老师们在雪地里一边干活儿一边转悠，随时揪出一两个捣蛋者。

这样的日子，有的老师就回家扫雪去了，留下一两个老师负责维持纪律和推车。我们把雪铲起来堆到推车上，老师推着倒到学校外面的小水沟里。等春暖花开的时候，这雪会化成水，浇灌小水沟左右的庄稼。

老师推着小车走远了，我的脑袋上忽然砸过来一个雪球，冰冷湿润的雪粒子在我脸上肆虐飞落。我赶紧蹲下双手胡拉一大捧雪，用力捏了一个雪球，举起来端端正正砸在一个同学身上——管他是谁砸过来的，我也砸出去就行！打雪仗就是这么不讲道理。他被砸了一个趔趄，雪地上的人哪有好欺负的？他马上就捏了一个更大的雪球砸向我。我早做好准备，一下子跳开，雪球砸空了，飞扬四散，我笑疯了，差点趴在雪地上。他不会罢休，捏了一个小雪球跑过来塞进我脖子里。这可太凉了，我打一个激灵，迅速捏雪球砸回去。你来我往，雪球纷飞，也不知道最后砸到了谁的身上。大家笑成一片，有的滚在雪地里，衣服都弄湿了，也有的孩子小，被砸哭了，不会还击，呆立着哭。

老师见闹得不像话，推着小车大步跑回来，抓到扔雪球的拽到国旗底下罚站。大家站了一排，脸上挂着泪珠，有笑出眼泪的，也有的是真哭了。

太阳已经升起来，阳光落在雪地上，反着刺目的光芒。一切都洁净而明亮，晃得睁不开眼睛，罚站的默默看着剩下的同学干活，毫无悔意，老师一转头他们就偷偷笑。

宫崎骏说："小时候，幸福是一件简单的事，长大了，简单是一件幸福的事。"

过些日子，天气更暖了，雪就不洁净了。它们化成了水，在路上肆无忌惮地流淌，脏兮兮的，像是一个雪白乖巧的娃娃，长成了一个不学无术的二流子。

盖房

盖房是乡下最大的事。

一家人准备盖房子，往往已经做了至少一年的准备工作。其中，包括买质量好的檩条、椽子、沙子、水泥、砖。如果砖不够，还要脱土坯。砖和坯都是土做成的，却分成两个等级，一个高贵漂亮，一个卑微笨重。砖的雏形也是土坯，不过是一个经过了一个高温烧制的过程。在火焰与超高温度的炙烤中，土坯得到了蜕变，超越了本质。经历了火的洗礼，经历了烈焰焚身，土坯涅槃，便成了砖。

有的人家会过日子，断断续续准备十年之久，那些木头和砖一点点买回来，码好存放，在风吹日晒雨淋中，静静等待用武之时。这些东西并不会因为时光日久而坏掉，反而会在通货膨胀中价值越来越高，存料其实是省钱的过程。

盖房那些日子，家里一切将就。如果有小偏房就先搬进偏房住，如果没有，就分散在要好的邻居家或者亲友家借住。如果实在不想麻烦人家，就搭个简易的棚子住。棚子搭在院落一角，不影响盖房的人来人往，车来车去。

旧房子扒倒，尘烟滚滚，陈年的老房子，墙缝里不知道会藏多少蛇虫鼠蚁。房子倒掉的那一瞬，大家四散奔跑，寻找落脚处，经常会有几条蛇一跃而逃，让人心悸，大家追着打。它们依存在老房子里，大家互不干扰，不知道已经过了多少年，一朝失去庇护，想必也是充满惶恐。

接下来是打地基。地基挖好，请年轻力壮的小伙子帮忙打地基。打基地需要很多人，大家喊着口号，一下下把地基夯瓷实。然后瓦匠出马，开始砌墙，来帮忙的小工们没啥手艺，挖泥递砖说说笑笑，人影穿梭，热闹非凡。

盖房需要很长时间，那时候也没有雇人的，都是请人帮忙，大家互相帮助。请人帮忙是要管饭的，一天两顿饭，家里的女人们忙活不过来，也要请几个麻利的女人帮忙做饭。每顿饭都是馒头、炖菜、炒菜，那么多劳动力吃饭，做饭的女人们也十分辛苦。馒头流水一样蒸，笼屉上热浪滚滚，一锅接着一锅，大铁锅上随时炖着肉，香飘半个村。

上梁的日子是大日子，要准备一桌好席。那一天，半个村子的女人都来帮忙，各有责任，负责洗菜的、刷碗的、炒菜的、蒸馒头的……各司其职，不敢有半点马虎。

上梁，证明房屋盖到屋脊，到了最高点，是很重要的仪式。

先请风水先生选好时辰，吉时到来之前，主人家会清场，不许人看，怕有属相或运道不好的人冲了好时辰。清场之后吉时一到，鞭炮声大起。早请了村里的先生用红纸写了"上梁大吉"几个大字，贴在最高处。两边一副对联，上联：太公在此；下联：诸神退位。

这个时辰一般接近午时，传说中阳气旺盛，能避开凶煞。红纸，姜太公，镇压一切邪恶，牛鬼蛇神全部吓跑，诸事到位，房屋永固，大吉大利。

成功上梁之后，院子里摆好大圆桌，四碟八碗的大席热腾腾就开始了。上梁的肃穆之后，欢声笑语又起，热闹继续。

房子盖到高处，搭起了高高的脚手架，人可以踩着梯子上去，砖就不好运上去了。于是有人站在脚手架上，下面的小工将砖一摞摞扔上去。

　　看盖房子扔砖，实在是一件有趣的事。下面的小工双手抓着一摞砖，"嗖"的一下向上一扔，我们仰着脑袋，眼神追随着这摞砖的去向。只见上面的人一伸手，稳稳接住，放在脚边，等待下一摞。这个活儿累是其次，主要是准确度太惊人了，那么高的地方，合作的人居然一次都不会失手，实在让人惊叹。

　　因为盖房子是大事，费时费钱，盖一次房子，往往花掉一辈子的积蓄。一般人这一生，也就盖一次房子，一生一次的事情，谁敢马虎？

　　房子，不仅仅是一个建筑，更是一个家。